Bibliografische Information der Deutschen
Nationalbibliothek:
Die Deutsche Nationalbibliothek verzeichnet diese
Publikation in der Deutschen Nationalbibliografie;
detaillierte bibliografische Daten sind im Internet über
http://dnb.dnb.de abrufbar.

© 2023 Renate Borgwardt

Gestaltung: Stefanie Borgwardt

Herstellung und Verlag: BoD – Books on Demand,
Norderstedt

ISBN: 978-3-**7347-0908**-1

Unberührt und einzigartig, romantisch,
anmutig aber auch wild und charaktervoll –
so präsentiert sich Mecklenburg-Vorpommern
seinen Besuchern. Es ist das Land der tausend
Seen, die hinter sanften Hügeln aufblitzen. Es
ist das Land der tausendjährigen Eichen,
welche die Zeit überdauert haben. Vielfältige
Küstenlandschaften, geheimnisvolle Moore,
alte Alleen laden ein.

Renate Borgwardt

Püttelkow

Geschichten aus Püttelkow und anderswo

Die Umleitung

Püttelkow ist ein Flecken, ein Dörfchen in Mecklenburg-Vorpommern. Verlässt man auf dem Weg von Berlin nach Rostock die Autobahn und folgt der Landstraße, kommt irgendwann das Ortsschild PÜTTELKOW. Das klingt nach ländlicher Idylle, nach Weite, prächtigen Alleen, nach Charakterköpfen und Lütt un Lütt.

Dem Dorf Püttelkow schließt sich das Städtchen Püttelkow an. Flächen wurden zu Bauland erklärt. Es entstand ein Ort mit kleinen hübschen Häusern und Geschäften. Die Häuser blicken in eine hügelige Landschaft mit Feldern, Weiden, Bäumen.

Im Dorf Püttelkow herrscht jetzt mehr Verkehr als je zuvor. Wer zur Autobahn will, nimmt die Abkürzung durchs Dorf.

Mit Ruhe und Beschaulichkeit ist es vorbei. Im Krug wurde diskutiert, wie man das ändern könne. Außer einigen sehr unfreundlichen, radikalen und nicht praktikablen Vorschlägen kam nichts beim Stammtisch heraus. Dann hatte Bauer Harms den genialen Vorschlag einer Umleitung über den Feldweg dritter Klasse. Im Baumarkt wurde alles Notwendige gekauft, in der Scheune gerichtet und dann in einer Nacht gut beleuchtet vor den Feldweg dritter Klasse aufgestellt.

Die späte Stunde war ungemütlich, aber man hielt aus und beobachtete die hoppelnden Autos, die mit ihren Scheinwerfern die Nacht erhellten. Im Krug wurde dieser geniale Einfall ausgiebig gefeiert. Der fidele Abend wurde gestört, als Anton von Bauer Harms aufgeregt in die Wirtsstube kam. Es sah gar nicht gut aus mit der Kuh Melli, sie würde viel zu früh kalben, der Bauer solle doch den Tierarzt rufen.

Für Harms war der gemütliche Abend vorbei. Er telefonierte mit dem Tierarzt, der sich gleich auf den Weg machen wollte. Harms und Anton eilten zum Stall und warteten und warteten und warteten. Melli war inzwischen ruhiger geworden. Endlich kam der Tierarzt und schimpfte fürchterlich über diese Umleitung

über den Feldweg und über diese Dösköppe in
der Verwaltung.

Die Auszeit

Christian Reuter hatte die Worte seines Hausarztes noch im Ohr. „Wie lange wollen sie noch leben? Wenn sie in diesem Tempo weitermachen, ist das nicht mehr lange." Er solle eine Auszeit nehmen, etwas Ruhiges, Beschauliches. Den Jacobsweg nach Santiago de Compostella wandern. Er könne ja auch einen Monat Ziegen hüten in Spanien.

Die Worte seines Arztes bewegten ihn noch auf der Autobahn Richtung Rostock. Ein Verkehrsunfall nötigte die Autofahrer auf eine Bundesstraße auszuweichen. Reuter folgte der Umleitung, das Sonnengelb der Rapsfelder leuchtete durch die Alleen-Bäume. Die Umleitung führte an kleinen Orten vorbei. Das Ortsschild **Püttelkow** fiel ihm auf, was für ein Name. Auf dem Rückweg wollte er dort anhalten.

Sein Auftrag in Rostock war zufriedenstellend verlaufen. Nach alter Gewohnheit, Zeit ist

Geld, wollte er gleich auf die Autobahn zurück nach Berlin. Doch dann fiel ihm Püttelkow ein.

Wer durch das alte Dorf Püttelkow fährt, erreicht schnell das Städtchen Püttelkow. Flächen wurden zu Bauland erklärt, das neue Pütelkow entstand und entwickelte sich zu einem Ort mit kleinen hübschen Häusern und Geschäften.

Er fuhr in das alte Dorf, bewunderte die schönen Reet gedeckten Gehöfte und entdeckte den Hinweis:

Ferienbungalow zu vermieten

Unter Urlaub hatte er bisher Action, Pool und Cocktails verstanden. Er aber sollte eine Auszeit der ganz anderen Art nehmen. Und das hier wäre von der ganz anderen Art. Er rollte auf den Hof von Bauer Krause. **Frische Eier** stand groß am Hoftor. Nein, frische Eier wolle er nicht, er würde hier gern Urlaub machen.

Krause war fassungslos. Er betrachtete das Auto und den feinen Pinkel von oben bis unten und kam zu der Überzeugung 'Scherzbold'. Aber es war kein Scherz. Christian Reuter erklärte, er müsse noch einmal nach Berlin, dann würde er kommen und mindestens einen Monat bleiben.

„Wat'n Glück, dat der nicht gleichbleiben will" dachte Krause. Der Ferienbungalow war weit davon entfernt, wohnlich zu sein. Uns Oma kam fix rüber, und als Reuter dann wirklich nach drei Tagen kam, war allens kloor.

Am ersten Abend kam uns Opa zum Feierabendbier und Angucken rüber. Der Abend wurde bannig gemütlich. Es war schon spät, als Krause seinem Gast jovial auf die Schulter klopfte: „Krischan, bist ein feiner Kerl, jetzt aber is Schlafenstied".

Das war der Beginn der geplanten vier Wochen Auszeit. Christian, vielmehr Krischan hatte sich vorgenommen, Sport zu treiben, als da wäre morgendliches Joggen. Nach dem reichhaltigen Frühstück mit Eiern von Krauses freilaufenden Hühnern machte sich Krischan hoch motiviert im modischen Laufdress auf den Weg. Krause schüttelte den Kopf - nee, nee, da steckt noch viel Arbeit drin. Krischan lief eine die alten Alleen entlang. Von der Schönheit der Landschaft hatte er nie etwas gesehen. Autobahn, keine Zeit verlieren, wenn da nicht die Umleitung gewesen wäre. Er setzte sich an den Rand eines Feldes, Weite bis zum Horizont. Nach einiger Zeit im Schatten der großen Bäume machte er sich auf den Heimweg. Er trabte gemütlich zum Dorf zurück und entdeckte den Dorfkrug. Mattis betrachtete den Mann im modischen Laufdress und hätte zu gern gewusst, was der hier macht. Krischan trank einen Radler, verabschiedete sich und ließ Mattis in Unwissenheit zurück. Das Feierabendbier mit Krause zog sich in die Länge. Krause war zur See gefahren und hatte endlich einen Zuhörer.

Krischan saß gern drüben bei uns Opa, der sich über einen Zuhörer freute. Wenn es uns Oma zu bunt wurde, erzählt sie man fix die Geschichte vom Selbstgebrannten und Opas Absturz in den Bach. Das war nämlich so:
  Uns Opa bringt so gut wie nichts aus der Ruhe. Striederie, die liegt ihm nicht. Er kann sich über alles freuen. Über etwas freut sich uns Opa ganz besonders. Nach der Obsternte

brennt sein Freund Fiete einen Obstler, die erste Flasche ist für die beiden alten Freunde bestimmt. Endlich, uns Opa, der Gelassene, der in sich Ruhende hat, es so eilig, zu seinem Freund zu kommen, dass er die Abkürzung über den Acker nimmt, die Grenze ein kleiner Bach. Irgendwann geht auch der gemütlichste Abend zu Ende. Uns Opa beschwingt und leichten Schrittes macht sich auf den Heimweg über den Acker.

Es ist dunkel geworden, Feuchtigkeit hat sich gesenkt, oje, der Bach! Zu spät, wo immer er versucht, sich festzuhalten, es will nicht gelingen. Dann endlich doch geschafft. Uns Opa schwankt auf Socken Richtung Heimat, Richtung mangelndes Verständnis. Uns Oma kann das gar nicht leiden, sie wird dann richtig gnietsch.. Wo dat noch enden soll mit Opa.

Uns Opa ist auf dem Weg ins Reich des Selbstgebrannten und denkt: Dat best is, ich schwieg still

Jan-Hinrich hatte von der Sensation gehört und war vorbeigekommen, Krischan als brauchbar gefunden und eingeladen auf den Dorfbums in Döbbersen. *Dorfbums* klingt gut, war wohl auch sehr gut. Krischan fehlten ein, zwei Stunden des Abends. Er erwachte auf dem Sofa in Krause's guter Stube, er litt, er fühlte sein Ende. Und dann kam Jan-Hinrich mit einem fröhlichen: „Na, alter Knabe auch schon wach" in die Wohnstube. Der sah so frisch aus, nee oh nee. Jan-Hinrich blickte auf den leidenden Krischan und dachte: Mit dem haben wir noch Arbeit. An diesem Tag verzichtete Krischan auf das Abendbier.

Krischan entdeckte nach und nach den Ort Püttelkow mit dem hübschen Markplatz, Giovannis Pizzeria, die Konditorei und Metas kleines Antiquariat. Wie lange hatte er schon kein Buch gelesen. Er schaute sich die Auslagen auf dem Tischchen vor dem Laden an. Meta hatte den jungen Mann bemerkt. „Kann ich ihnen helfen, suchen sie etwas bestimmtes?" Krischan erzählte, er sei auf Urlaub im Dorf. Meta hatte etwas für ihn, eine kleine feine Chronik über Orte, Landschaft und Geschichte. Krischan war begeistert, verweilte ein Weilchen, versprach wieder zu kommen und ging rüber zu Giovannis

Pizzeria. Er hätte hier gern gegessen, aber Krause würde bestimmt Mittag machen.

Also nur einen italienischen Landwein und dann heim zum Mittag in Krauses gemütliche Küche.

Den Rest des Tages widmete er der kleinen Chronik, es gab einiges zu entdecken. Er durfte jederzeit das Rad von Krause nehmen und ging auf Entdeckungstour. Schön war es hier, sanft hügelig, die Alleen mit den mächtigen Bäumen, Felder, kleine Ortschaften und Wälder. Krischan war weit weg vom Motto seines bisherigen Lebens: Zeit ist Geld.

Mittag bei Bauer Krause in dessen wilder Küche war immer gemütlich, war deftig kräftig, Das, was er kochte, dass kochte er gut. Krischan deutete leise Kalorien und Figur an, Krause tat die Bedenken ab mit *Weiberkram,* ein richtiger Mann braucht richtiges Essen. Und so fühlte sich Krischan rundherum immer wohler.

Jan-Hinrich hatte seine Freunde Lars, Hein und Olaf auf Bauer Krauses Logiergast angesprochen. Mit dem sollte man mal etwas unternehmen, der ist brauchbar. Man überlegte hin und her und kam zu dem überraschenden Vorschlag, nach Hamburg zu fahren. Krischan war wenig begeistert, Hauptstadt-Gewühl vermisste er nicht, Spielverderber wollte er auch nicht sein. Am Freitag dann auf nach Hamburg. Dieser Männer-Ausflug kam lange vor Hamburg ins Stocken, dann zum Stehen. Unsere Helden hatten sich mit Bier und Klaren proviantiert und waren schon mächtig fidel. Krischan dreht die Boxen auf, die Flasche kreiste, die Stimmung stieg. Irgendwann freie Fahrt bis zu dem Augenblick, als an dem Auto vor ihnen die Schrift blinkte: **Polizei bitte folgen.** Krischan dreht leise, die anderen sangen noch fröhlich weiter. „Huhu, guck mal die Polizei ei jei jei, dein Freund und Helfer, ei jei jei."

Dem Polizisten, der die Wagentür öffnete, schlug eine Wolke entgegen, die Schlimmes ahnen ließ. Das übliche Procedere und dann die dringende Empfehlung an den Null-Promille-Krischan, die drei heiteren Gestalten möglichst ohne Umwege nach Hause zu bringen. Am Abend waren alle wieder daheim, erzählten ausführlich von der Polizeikontrolle, und wie sie mit der Polizei diskutiert hätten, und wie die von ihnen beeindruckt waren. Oh, manno mann.

Krischan joggte immer noch morgens, holte sich hin und wieder eine Tageszeitung, gern auch das Regionalblättchen. Hier entdeckte er die Anzeige:

Leseabend in Giovannis Pizzeria

Krischan staunte, was es hier auf dem Lande alles gibt. Der Versuch Krause zu überreden, scheiterte. Ihm muss niemand etwas vorlesen, lesen kann er noch. Krischan machte sich allein auf den Weg zur Pizzeria. Mama Robertas Interesse an Krischan war geweckt. Mama Roberta war immer interessiert an einzelnen Herren, nicht für sich, sie hatte ja ihren Oberstudienrat Franke abgegriffen. Dieser Mann hier aber war neu in der Gegend und somit höchst interessant, und er war solo. Roberta begrüßte ihn mit Verve, wer ihn bisher nicht kannte, kannte ihn jetzt.

Das Restaurant füllte sich, Krischan entdeckte Jan-Hinrich mit zwei Frauen, seine

Buchhändlerin war auch da. Die Gefahr, den Abend allein zu verleben, bestand nicht. Jan-Hinrich winkte Krischan an seinen Tisch, stellte seine Frau Brigitte und Freundin Eva vor. Eva schenkte ihm ein kurzes Nicken, Brigitte hatte schon zu Hause einen inquisitorischen Fragenkatalog zurechtgelegt, der Abend versprach unterhaltsam zu werden. Roberta war natürlich auf Umsatz bedacht, trinken kann man immer, auch wenn gelesen wird, Appetitliches dann in der Pause. Alle tranken Giovannis Landwein, nur Eva trank Wasser.

Dann die Lesung. Es war eine Hobby-Schreibgruppe, unterhaltsam, heiter, nachdenklich, eine gelungene Mischung. Krischan war aufgefallen, dass es überwiegend Zuhörerinnen waren. Jan-Hinrich deutete an, die Freunde sind alle bei Mattis im Krug, er hätte bei Brigitte keine Chance gehabt.

In der Pause gab es kleine Appetitlichkeiten, Giovanni erfreute die Damen mit Charme und Stimme, dann ging es mit der Lesung weiter. Krischan hätte sich gern an die etepetete Eva rangemacht, die wirkte etwas stocksteif und hielt sich an ihrem italienischen

Mineralwasser fest. Krischan legte sich ins Zeug, unverständlich, dass sie seine überwältigende männliche Ausstrahlung widerstehen konnte. Dieser italienische Landwein hatte es schon in sich, aber sie mit ihrem Mineralwasser, das kann ja nichts werden. Nee, was ist das hier für eine Gegend.

Nach diesem Abend wäre Jan-Hinrich gern noch zu den Freunden in den Krug gegangen, das war Wunschdenken. Krischan blieb nichts anderes übrig, als nach Hause zu gehen. Bauer Krause saß zufrieden vor dem Fernseher bei Fußball und Bier.

Am nächsten Morgen beim Frühstück erzählte er von dem gemütlichen Abend, erwähnte Brigitte und so nebenbei auch Eva. Brigitte, dat is ne nette Froo, bei Eva winkt nur ab.

Die Zeit verging schnell, Krischan überlegte, wie lange er eigentlich schon in Püttelkow ist. Einmal hatte er sich bei seiner Kanzlei gemeldet, einmal seinem Hausarzt mitgeteilt, wo er die Auszeit verlebt. Drei Wochen neigten sich dem Ende zu, Krischan fühlte sich noch nicht erholt und fit genug. Nein, er braucht mehr Zeit. Das teilte er seinem Büro und auch dem Hausarzt mit, frühstückte weiter in Krauses chaotischer Küche, las das Regionalblättchen, erkundete radelnd die Gegend, traf sich mit seinen Freunden, trank sein Abendbier beim Fernsehen mit Bauer Krause und fand das Leben auf dem Land lebenswert.

Bauer Krause und seine freilaufenden glücklichen Hühner waren ein offenes Geheimnis. In Abständen fuhr Krause zu einem Eiergroßhändler und sorgte so für Nachschub. Krause fragte, ob Krischan mitkommen wolle zum Eiergroßhändler. Na klar, Krause orderte, Krischan staunte und staunte noch mehr über die nachträgliche Perfektionierung zum popo-frischen Landei, für das Städter gern etwas mehr zahlen. Krischan war erschüttert, dieses alte Schlitzohr.

Krischan vergaß allmählich, dass er dort gar nicht hingehörte, wo er sich so wohlfühlte. Bauer Krause hatte sich richtig an seinen Krischan gewöhnt und an das gemeinsame Abendbier. So war der Stand der Dinge, als

Bauer Krause ihm zum Stammtisch in den Krug mitnahm. Hier lernte er auch den Bauern Fiete Krohn kennen, letzter Hof an der Straße nach Lützenhof. Gehört hatte er schon von Fiete und seinen häuslichen Problemen, Fiete die Bangbüx ließ die Spötteleien der anderen über sich ergehen, was soll's. Der Stammtisch hielt, was Bauer Krause versprochen hatte. Der nächste Tag fing gemächlich an, jeden Morgen joggen muss nicht sein.

Für den Nachmittag hatte er sich vorgenommen, bei Fiete Krohn vorbeizuschauen, die Frau, über die so viel geredet wurde, wollte er kennenlernen. Er schaute sich auf dem Hof um, im Schuppen ramenterte etwas. Fiete werkelte an seinem Traktor. Er freute sich ehrlich über den Besuch, ja, der Krischan, das war ein feiner Kerl. Sie gingen ins Haus, Fiete rief nach seiner Frieda. „Du alter Kömbroder, zu faul, die dreckigen Stiefel auszuziehen. Du kannst nur Dreck machen, nur Arbeit habe ich mit dir, du bist zu nichts zu gebrauchen, Schietkerl."

Hier unterbrach Krischan den Redefluss mit einem freundlichen „Moin, Moin". Frieda fuhr herum, legte kurz den Schalter um, lächelte Krischan freundlich an, der Blick auf Fiete hätte töten können. Nachdem es gelungen war, sich von Frieda zu lösen, waren beide im Schuppen verschwunden und versuchten sich an dem alten Traktor. Das war mal ein schöner Traktor, inzwischen etwas rudimentär. Mit vielen Stunden Arbeit und Suche nach Ersatzteilen ließe sich schon etwas machen. Als Krischan sich am Abend verabschiedete, war er schmutzig und glücklich. Bauer Krause ließ ihn zum Feierabendbier nicht auf's Sofa, führte sich fast wie Frieda auf, und Krischan hätte ihm doch so gern von dem alten Traktor erzählt. Krischan's Tage waren ausgefüllt. Fiete und der Traktor warteten auf ihn. Und da war da noch Eva, die etwas ins Hintertreffen geraten war. Das ging ja nun gar nicht. Die Lösung des Problems brachte die italienische Nacht bei Giovanni, Wein, Weib und Gesang, stimmungsvoll, Italien, Urlaub. Von Jan-Hinrich wusste Krischan, dass Brigitte und Freundin Eva auch kommen wollten.

Krischan entdeckte seine Buchhändlerin mit ihrer Bekannten. Giovannis Landwein floss, die Stimmung stieg. Giovanni sang die Damen ganz persönlich an. Giovannis Wein und Gesang, da wurde selbst Eva locker. Krischan schoss eine volle Breitseite Charme ab, Eva fand das amüsant und bot Paroli. Wer hätte das gedacht. Das liegt an Giovannis Landwein. Eva, Eva, du lockeres Weib, dachte Krischan und nahm sie bei *Tiamo* in den Arm. Diesmal schaute Brigitte etwas streng. Krischan war beschäftigt mit Fiete sein Traktor, Bauer Krause hatte auch ein Anliegen, nahm dann aber doch lieber die Dienste von *Flott und Fleißig* in Anspruch. Seine Buchhändlerin in dem gemütlichen kleinen Laden wollte er auch noch einmal besuchen.

Die Tage in Püttelkow gingen zu Ende. Noch länger konnte er von der Kanzlei nicht fortbleiben. Je mehr er an Berlin dachte, desto mehr wurde ihm klar, Püttelkow hat überhaupt nichts gebracht, er müsste noch bleiben, geht aber nicht. Und dann seine Eva, ihm wurde ganz wehmütig zu Mute. Musste er sich ausgerechnet hier in Püttelkow verlieben. Jetzt waren es noch zwei Tage bis zur Abreise. Krischan packte seine Sachen ins Auto. Bauer Krause übertraf sich und lud zu einem Grillabend ein. Es wurde vermutet, es gäbe Huhn am Spieß. Nein, er war zum Supermarkt und hatte reichlich Bier und Grillfleisch besorgt. Krischan hätte den letzten Abend gern mit Eva allein verbracht, aber Krause hatte sich so viel Mühe gegeben. Es wurde ein bannig gemütlicher Abend, der sich nicht zu sehr in die Länge zog, denn am nächsten Morgen war für Krischan Schluss, dann war er wieder der erfolgreiche Christian Reuter.

Krischan begleitete Eva ein Stück des Weges, ein Restchen Zeit allein zu zweit. Sie saßen ein Weilchen im ÖPNV-Häuschen. Ach Evchen, ach mein Krischan, ach Herzschmerz, seufz. So ist das Leben, so spielt es eben. Wer hätte das gedacht, als er der Umleitung folgte und nach Püttelkow abbog.

Am nächsten Morgen nach dem letzten kräftigen Frühstück in Krauses Küche war die schöne Zeit vorbei. Er wird noch oft an diese Küche und an das Feierabendbier vor dem Fernseher denken. Er kommt bestimmt zurück zu seiner Eva und zu Fiete sein Traktor.

Püttelkow vergisst man nicht

Eva backt einen Kuchen

Christian Reuter machte sich Freitag nach dem Dienst auf den Weg nach Püttelkow zu seiner Eva. Das Ortsschild war passiert, Christian Reuter wurde der Krischan, auf den Eva die ganze Woche gewartet hatte.

Eva wollte für ihren Krischan einen Kuchen backen, so wie Brigitte es macht, wenn Besuch kommt. Eva fand das Rezept für eine köstliche Waldbeeren-Torte auf einem Dinkel-Tortenboden. Eva war aufgeregt wie seinerzeit bei der Führerscheinprüfung.

Endlich war Krischan da, welche Freude. Ein Begrüßungssektchen, dann schwebte Eva mit ihrem Traum-Beeren-Kuchen herein, frisch geschlagene Sahne dazu und duftender Kaffee. Eva setzte das Tortenmesser an, es glitt durch die Beeren und endete am Tortenboden. Eva eilte in die Küche und holte ein größeres Messer, der Tortenboden widerstand. Die Beerenpracht hatte inzwischen gelitten. Eva war verzweifelt. Brigitte bereitete dem

Trauerspiel ein Ende, holte das Wiegemesser und bearbeitete energisch den widerspenstigen Kuchen. Die Beerenmasse vermischt mit Gebäckstückchen und einem Klecks frische Sahne obendrauf, lecker dieses wilde Durcheinander. Krischan löffelte seine Portion und wollte gern noch eine zweite, Eva war beglückt. Nachdem alles doch noch gut geworden war, verabschiedeten sich Brigitte und Jan-Hinrich, man wollte nicht länger stören.

Dieser rasche Aufbruch war nicht so ganz in Krischas Sinn. Er wäre gern mit Jan-Hinrich zu Fiete gegangen. Bei ebay hatte er etwas für den Traktor gefunden. Schade, heute ergab sich das nicht.

Krischan ist ja Berliner und somit helle. Nächstes Mal sagt er, Jan-Hinrich will zu Fiete, und er , Krischan, der ja viel lieber bei seiner Eva bleiben würde, soll unbedingt mit. Dann ist Eva über Jan-Hinrich verstimmt, und er bleibt der liebe Krischan. So ist es gut, und so wollen wir es auch Zukunft halten.

Die grüne Flasche

Eva kommt gegen 18 Uhr von der Arbeit nach Hause. Dort findet sie ein einziges Chaos vor. Auf der Garderobenlampe ein Base Cape, ein Schal lässig über die Klinke gehängt. Vorsichtig geht sie ins Wohnzimmer. „Guter Gott, was ist das?" Unordnung, wohin sie sieht. Bei Eva hat alles seinen Platz, selbst die Sofa-Kissen haben stets den korrekten Kniff, heute nicht. Eva ist fassungslos, auf dem Tisch zwei Bierbüchsen ohne Untersetzer – entsetzlich. Gestohlen wurde offensichtlich nichts.

Ihr Blick fällt auf die Hausbar. Doch, da fehlt etwas, die grüne Flasche ist weg.

Morgen will doch ihr Krischan übers Wochenende kommen. Extra für ihn hat sie eine Flasche Helbing, Hamburger Kümmel, besorgt. Eine Flasche Helbing mit Fiete im Krug geleert, eine Freundschaft fürs Leben. Und diese flache grüne Flasche ist weg. Eva schaut sich weiter um, auf das Schlimmste gefasst, stolpert über unorthodox in der

Gegend liegende Schuhe, aus dem Schlafzimmer eine schwache Stimme.

Da liegt er, der erst morgen erwartete Krischan, neben sich die flache grüne Flasche und lächelte suselig seine Eva an.

„Sschschöön, meine kleine Eva ischt da."

Eva starrt fassungslos auf ihre Krischan.

„Du wolltet doch erst morgen kommen."

„Du freuscht dich ja nich, kann ja wieda gehn."

Der Helbing verlangsamt die Wortsuche.

„Evilein komm her, deinem Krischan geht's gar nicht gut".

Eva betrachtet das Objekt ihrer Begierde, das ihr die leere grüne Flasche entgegenhält.

„Dein Krischan is krank."

Oja krank, das wird es wohl sein, mein Lieber. Sie wird sich gleich um ihn kümmern.

Er hält ihr die leere grüne Flasche hin.

„Eeevchen, du wolltest doch eine neue kaufen, ich bin krank, und dat hier iss Medizin."

Klönsnack im Krug

Klönsnack im Krug, zwei Helden werden gefeiert, Krause und uns Opa, die für eine gute Sache zur Demo nach Rostock fahren wollen. Schade, so'n toller Abend, aber wat mutt, dat mutt, sie machten sich vorzeitig auf den Heimweg, strebten ihren Höfen zu, als ihnen Fiete entgegenkam.

„Na, Fiete, wir haben dich vermisst, haste endlich Ausgang?".

Jeder im Dorf wusste von Fietes häuslichen Problemen Fiete winkte ab. „Lasst man gut sein, sind die anderen noch da?"

Na kloar.

Fietes Erscheinen torpedierte das politische Engagement der beiden Helden.

Schiet wat auf Demo.

„Wat 'en Glück, dass wir dich getroffen haben", und sie marschierten zu Dritt zurück in den Krug. Großes Hallo, die üblichen Bemerkungen Richtung Fiete wie Bangbüx blieben diesmal aus. Nachdem sich die Wellen der Heiterkeit gelegt hatten, endlich klopp, klopp, ab in Kopp.

Spät zogen drei fröhliche Gestalten die Dorfstraße entlang. Krause war bannig duun und suchte Halt bei Fiete, die Straße war heute so unegaal.

„Horch mal Fiete, so geiht dat nich weiter. Du musst mal gegen deine Olsch demonschtrieren, wir sind dabei, wir haben Erfahrung mit Demonschtraschonen, musst nur Bescheid sagen, wir sind dabei. Du hast ja den Düvel on Bord."

Jau, jau.

„Fiete, du trüselst aber ganz schön. Wo ist denn eigentlich uns Opa?"

Uns Opa war weg, abgedrifftet, einfach so. Die beiden stiefelten Richtung Opas Hof.

Oma öffnete, holte tief Luft:" Was wollte ihr denn, ihr ollen Suffköppe, macht das ihr nach Hause kommt."

Tür zu, Tür auf: „Das war der letzte Klönsnack, kloar!"

Da standen sie nun in ihren Grundfesten erschüttert, Nacht umgab sie, es nieselte, wo war er hin der schöne Abend. Sie peilten das Wartehäuschen des ÖPNV an.

„Ick versteh dat nich, dat haben wir nicht verdient. „

Jau, jau

„Wir machen dich alles für unsere Frauen, und die gönnen uns reinweg gar nichts, nicht mal Lütt un lütt und ein bisken Klönsnack. Ick versteh dat nich."

Jau, jau Schweigen senkte sich.

Es wurde ungemütlich im ÖPNV-Häuschen.

„Was hilfst, wat mutt, dat mutt, komm, lass uns gehen. Wir müssen nach hus."

„As du meinst, komm, lass uns gehen."

Hier trennten sich ihre Wege, Fiete strebte seinem Hof voller böser Ahnungen entgegen.

Wat dem een sin Uhl

Bänke, Blumen, hübsche kleine Läden, die Konditorei Rosa, nicht zu übersehen der Hingucker „Blumen Florentine" schmücken den Marktplatz von Püttelkow. Zu den kleinen Läden gehört auch das Antiquariat von Meta Schröter.

Es ist ein gemütlicher Laden, ein Laden mit dem Charme vergangener Zeit. Jeden Morgen kurbelt Meta die Markise runter und stellt den Tisch mit den Neuerwerbungen raus. Man geht gern in das kleine Antiquariat. Bei Meta kann man verweilen, sie hört sich alles geduldig an, die Seufzer und Details.

Lotte klagt hingebungsvoll über ihren Franz, eilt dann leichten Herzens und beschwingten Schrittes in die Konditorei. Man gönnt sich sonst nichts.

Über einen Kunden freut sich Meta besonders, auf eben diesen Franz. Sie reden über dies und das und hoffen, dass keine der Frauen diese für sie besondere Stunde stört.

Eine dunkle Wolke über Lotte: Pensionierung. Ehemänner in Pension können ein Problem werden.

„Meta, ich darf gar nicht daran denken, stell dir vor, er ist den ganzen Tag zu Hause" - eins, zwei, drei Konditorei.

"Meta, du hast ja keine Vorstellung, den ganzen Tag fragt er, ob er helfen kann. Jetzt hat er sich auch noch den Daumen geklemmt!" eins, zwei, drei

„Meta, jetzt sitzt er den ganzen Tag rum und liest Zeitung oder guckt Sport, so schlimm habe ich mir das nicht vorgestellt, das hab' ich nicht verdient!"

Meta hat da 'ne Idee: „Schick ihn doch vorbei, dann stört er nicht mehr. Er kann ja hier ein wenig helfen. Bücher umstellen, das schafft er schon."

„Meta, das würdest du machen! Lass dich umarmen, gleich morgen kommt er ….
eins, zwei, drei

Tja, wat dem een sin uhl; is dem annern sin nachtigal

Herr Schröder geht in Pension

Wie oft hatte Herr Schröder, langjähriger Leiter der Bankfiliale in Püttelkow, es sich vorgestellt, zu Hause bleiben zu können, lange Zeitung lesen, ein wenig rumschlumpern. Und nun war es so weit. Nach der Verabschiedung mit kleiner Feier und allen guten Wünschen für den wohlverdienten Lebensabend, saß er nun in der Küche, leger gekleidet, las die Tageszeitung bis zur letzten Zeile und war leicht verstimmt, dass er da allein saß. Lotte hatte schließlich ihren gewohnten Tagesablauf, z.Zt. etwas gestört durch den am Küchentisch sitzenden Ehegemahl. Somit waren beide etwas verstimmt.

Man arrangierte sich. Herr Schröder wurde mit dem Familien-Hund losgeschickt. Früher fand er den Wochenend-Ausflug mit Dackel schön. Jetzt fand er es gewöhnungsbedürftig. Zur gewohnten Hundestunde begegneten ihm Lottes Hunde-Freundinnen. Herr Schröder entschied sich für einen anderen Weg. Lotte merkte bald, dass Gassi gehen kein

Highlight ist. Sie machte ihm natürlich klar, dass dies für ihn nach der jahrelangen sitzenden Beschäftigung ein Jungbrunnen sei. Die Begeisterung hielt sich in Grenzen.

Es war nun an der Zeit, den kleinen Garten für den Herbst in Ordnung zu bringen. Herr Schröder wurde instruiert, verproviantiert und mit dem Hund auf den Weg gebracht. Das war schon mal netter. Dackel buddelte, Herr Schröder machte einiges von dem, was er machen sollte, als der Dackel plötzlich die Buddelei einstellte und sich nur noch für die Hecke interessierte. Hinter der Hecke war Betriebsamkeit, Gebell, eine Frauenstimme. Herr Schröder schaute nach. Frau Nachbarin war da, mit Püppi. Man tauschte Freundlichkeiten aus, kam zu der Überzeugung, die Hecke stört. Man traf sich bei der Nachbarin. Dackel war von der Entwicklung begeistert. Püppi war zwar etwas zickig, aber besser als allein buddeln. Nach diesem schönen Gartentag zogen Herr und Hund zufrieden nach Hause. Herr Schröder genoss ein Feierabend-Bier. Von nun an zogen Herr und Hund in den Garten.

Lotte verwunderte dieser Eifer. Immerhin war er tagsüber weg. Erstaunlich wie viel Arbeit so ein kleiner Garten macht. Lotte war unterwegs mit Freundin Brigitte und erzählte von der neuen Begeisterung ihres Mannes. Brigitte schlug vor, vorbeizugehen und ihn zu überraschen. Gesagt, getan. Man machte den kleinen Spaziergang zum Garten. Aber wo war Herr Schröder. Brigitte äußerte etwas in Richtung „Typisch Mann", als Frau Schröder das ihr bekannte Bellen vom Familiendackel vernahm. Aber nicht aus dem eigenen Garten, vielmehr von hinter Hecke. Man pirschte sich ran, spähte über die Hecke und konnte Herrn Schröder bei der Gartenarbeit bewundern. Was war er flink und fleißig, kein Wunder, dass ihm abends der Rücken weh tat, den er sich gern einreiben ließ. Der Dackel geriet vor Freude aus dem Häuschen als er Frau Schröder bemerkte, Herr Schröder behielt die Fassung, Brigitte posaunte „typisch Mann". Frau Schröder erledigte, die liegen gebliebene Gartenarbeit ohne männliche Hilfe.

Wie bringt man eigentlich ein Damenkränzchen zum Schweigen?
Indem man einfach sagt: „Jetzt erzählt mal der Reihe nach – die Älteste beginnt."

Das Damenkränzchen von Püttelkow

Püttelkow hat einen Stammtisch. Püttelkow hat auch ein Damenkränzchen. Am letzten Dienstag eines jeden Monats treffen sich die Damen bei der pensionierten Studienrätin Frau Dr. Laabs, vielen noch in unangenehmer Erinnerung. Es ist üblich, dass jede der Damen etwas Köstliches aus der eigenen Küche mitbringt.

Man mustert einander, man lächelt süffisant, man flüstert ein wenig nach rechts und ein wenig nach links.

Meine Liebe, gut siehst du aus, wie machst du das?

Gar nichts mache ich, es sind die Gene, hat man oder hat man nicht.

Karla, meine Liebe, köstlich wie immer dein Käsekuchen.

Trocken wie immer, wie schafft man das.

Frau Dr. Laabs, wie sie das alles schaffen, Bewunderung.

Der Kaffee von der alte Laabs wird auch immer dünner.

Na, Brigitte hat ja Mut mit diesem Dekolletee, lacht noch genauso ordinär wie früher.

Gabi hat wieder ihren intellektuellen Touch, gefühlte Frau Doktor.

Frau Dr. Laabs dachte: Hühnerstall, damals wie heute Hühnerstall.

Brigitte mit der ordinären Lache hat einen Selbstgebrannten mitgebracht.

Danke nein, für mich bitte nicht, oder doch, dann aber nur einen kleinen Schluck.

Bald machen „Weißt du schon" und „stell dir vor" die Runde. Lebhaft tauscht man sich aus. Spät löst sich das Kränzchen auf. So ein gelungener Nachmittag! Ciao, ciao meine Liebe,

Bussi links, Bussi rechts.

Hühnerstall, damals wie heute, Hühnerstall.

Mattis, der Wirt des Dorfkrugs

Uns Mattis ist der Krug mit Stammtisch für die Alteingesessenen, uns Mattis ist ein Männer-Versteher. Mattis ist zur See gefahren. Wie Bauer Krause erzählt er gern aus dieser Zeit. Wenn die beiden bei Lütt un lütt zusammensitzen und Seemannsgarn spinnen, ohaueha, wat die allet so erleevt haven. Nee, oh nee.

Hin und wieder versucht er etwas Neues zur Belebung des Geschäfts. Gelungen war die Vernissage mit Bildern der besonderen Art, vom Stammtisch begeistert betrachtet, vom Damenkränzchen und den Freundinnen als indiskutabel verworfen. Dat lag wohl besünners an de Nackernden in den Bildern.

Die Lesung der Schreibgruppe aus Boddin hat er verpatzt. Frauen, die schreiben und dann auch noch vorlesen wollen, dat is nichts für seinen Krug, dat ruiniert seinen Ruf. Die Lesung wurde ein voller Erfolg bei Giovanni in der Pizzeria. Tja, dat war dann wohl een Malöör.

Mattis auf Suche

Sein Leben verläuft rundlich, gemütlich, überschaubar. Alles so weit, so gut. Aber tief in seinem Innern is Mattis bedrüppelt, ehrlich bedrüppelt. „Een Mann ohne Froo, is as 'n Schipp ohne Haven". Dat sitt so in sein Kopp, da kannst nix machen. Eine praktisch handliche Deern an seiner Seite, dat wär's. Wie gern würdeer mit vieer Oogen unter de Bettdeck rutkieken und seiner Deern sagen, ik hebb di leeb, du mien Herzensdeern."

  Wo aber kann er seine Herzensdeern kennenlernen. Seine Welt ist der Krug in Püttelkow, der Radius seines Lebens begrenzt.

Die moderne Zeit mit ihren Möglichkeiten ist an Püttelkow nicht vorüber gegangen. Mit dem Internet kommt die Welt ins Wohnzimmer. Auch Mattis hatte das Internet entdeckt und war unterwegs auf der Seite 50plus.

Seine Bemühungen waren erfolgreich. Da wäre die sehr ansehnliche Trixie 42. Nach de Fotos, die sie geschickt hatte, auwauwau Mattis.

Trixie kam nach Püttelkowe, sah den rundlichen, gemütlichen, nicht mehr ganz frischen Mattis in seiner Wirtsstube, und das Interesse erlosch schlagartig. Sie hatte wohl mehr an gehobene Gastronomie gedacht. Da war er wieder allein. Tja, so is dat Leeven, min Mattis.

Nach den Erfahrungen mit Trixie42 hatte Mattis keine Lust mehr auf Internet. Aber ne Deern an seiner Seite, das wäre schön. Bauer Krause konnte das nicht verstehen. Er lebte wunderbar ruhig allein, niemand äußerte sich abfällig zu Bier und Sportschau. Für Krause war klar, Mattis is nich kloar im Kopp. Er soll er doch mal an Fiete seine Frieda denken, der hat den Düvel on Bord.

Mattis is aver een echter Stürkopp. In der Zeitung hat er von Speed Dating gelesen, dort trifft man Frauen, die einen Mann suchen. Mattis ist sicher, hier lernt er seine Herzensdeern kennen. Jeder hat ein paar

Minuten Zeit, Fragen zu stellen und zu beantworten. Krauses Empfehlungen „Kannste kochen" oder „Guckste Fussball" sind nicht empfehlenswert. Eher „liebst du auch romantische Sommernächte" oder Fragen nach Traumurlaubsziel und Lieblingsessen. Uns Mattis voller Zuversicht auf zum Speed Dating. Wat war er proper, frisch rasiert, stattlicher Kerl, die Frauen werden begeistert sein. Ganz so ist es nicht gelaufen, keine der Damen fand ihn interessant. Tja, so is dat Leven, min Mattis, nu is er wieder alleen.

Wat 'n Glück, dat er niemanden etwas davon erzählt hatte. Trübetimplig sitzt er in seiner Wirtsstube, keine will ihn, keine mag ihn. Nee, dat kann er nich verstahn.

Wie er da sitzt und grübelt, fällt ihm Krause ein, der sich letztens bannig aufgeregt hat über Roberta. Roberta, la Mama von der Pizzeria, vertritt die Meinung, ein Mann allein, das ist reine Verschwendung. Bei Krausen ist sie allerdings auf heftigen Widerstand gestoßen. Oh, wat war der fuchtig. Moment mal, dat is es. Wat een Glück, dat ihm zur rechten Zeit

Roberta eingefallen ist. Er muss doch nicht weltweit suchen oder auf so eine alberne Veranstaltung gehen, es gibt doch Mama Roberta, gar nicht weit weg. Mit ihrer Hilfe wird er bald mit veer Oogen unter de Bettdeck rutkieken.

Mattis schwingt sich auf sein Rad, tritt fröhlich in das Pedal: Roberta, dat du min Leevsten büst, dat du woll weeßt.

Tja, uns Mattis, lange hat er nach einer gesucht, und er hat sie gefunden, seine Herzensdeern handlich praktisch gut.

Ich mache gern Rast im Dorfkrug. Hier hat sich in den letzten Jahren wenig verändert, alles strahlt Behaglichkeit aus. Nur Mattis hat sich dank seiner Herzensdeern verändert. Er trägt jetzt einen gepflegten Drei-Tage-Bart, Typ Seebär, macht was her. Früher hatte er öfter einen Mehr-Tage-Bart, das schätzt Herzensdeern wohl nicht. Er liebt die Figur umspielenden Holzfällerhemden. Nix da, Haltungsschäden, schlicht und einfach Bauch. Mattis ist die Kuscheligkeit in Person, Herzensdeern ist zu beneiden.

Der Selbstgebrannte

Uns Opa ist Ruhe und Gelassenheit in einer Person. Er freut sich, wenn die Sonne scheint, er freut sich über Regen, über ein gutes Schinkenbrot und Lütt un lütt, über den Wind und das bunte Herbstlaub.

Über etwas freut sich uns Opa besonders, wenn sein Freund Fiete nach der Obsternte endlich einen Obstler brennt, die erste Flasche nur für die beiden alten Freunde.

Uns Opa, der Gelassene, der in sich Ruhende, hat es dann so eilig, zu seinem Freund Fiete zu kommen, dass er in Pantinen losläuft und die Abkürzung über den Acker mit dem kleinen Bach nimmt.

Irgendwann geht auch der gemütlichste Abend zu Ende, ob man die letzten zehn Tropfen aus der Flasche quält, leer ist leer.

Uns Opa beschwingt und leichten Schrittes macht sich in Pantinen auf den Heimweg über den Acker. Es ist dunkel geworden, Feuchtigkeit hat sich gesenkt. Opaa, der Bach, oh nee, oh nee!!!Wo immer er auch versucht, sich festzuhalten, vergebens. Endlich doch geschafft, uns Opa wankt auf Socken Richtung Heimat, Richtung mangelndes Verständnis. Oma kann das gar nicht leiden, sie wird dann immer richtig gnietsch.

Nee, oh nee, sie weiß nicht, wo das noch enden soll mit uns Opa.

Uns Opa ist längst auf dem Weg ins Reich des Selbstgebrannten.

„Dat best is, ick schwieg man still."

Lütt Mareike

Uns Opa und Oma haben Besuch, Besuch von Lütt Mareike, ne richtig lütte propre Deern. Mareikes Wortschatz ist noch klein: Mama, Papa, Auto, Wauwau, Oma, Opa und noch so einiges. Mareike antwortet immer mit „oh ja".
„Hat dir der Pudding geschmeckt?"
"Oh ja".
„Möchtest du ein Gummibärchen?"
„Oh ja".
Auch auf Omas Frage: Ist der Opa dick?
Antwortet strahlend das Kind.: „Oh ja".

Uns Opa geht mit Mareike rüber zu Krause, Hühner gucken. Beide haben ihren Spaß an Mareikes „Oh ja" und dann die tolle Idee, mit Mareike zu Mattis in den Krug zu gehen. Mattis freut sich über die seute Deern.
Für Krause und uns Opa ein Lütt un Lütt wie immer.
Uns Opa guckt Mareike an: „Möchtest du auch einen Lütt un Lütt?" und das Kind antwortet strahlend „Oh ja".

Lütt Mareike war schon lange wieder daheim bei Mama und Papa. Das „Oh ja" blieb noch lange.

Bauer Krause

Einer der schönen alten Höfe gehört Bauer Krause, ein Reet gedeckter Dreiständerhof. Vor seiner Hof-Auffahrt steht ein Schild

Frische Eier von freilaufenden Hühnern.

Über fehlende Kundschaft kann Bauer Krause nicht klagen. Im Städtchen Püttelkow werden diese frischen Eier sehr geschätzt. Es passiert schon mal, dass eins der freilaufenden Hühner auf der Dorfstraße überfahren wird. Krauses schauspielerisches Talent kommt lukrativ zum Tragen, wenn er den Tod dieses Huhns, seiner besten Legehenne, beklagt. Den Eiervorrat holt sich Krause bei einem Eiergroßhändler, für die erkennbare Frische sorgt wohl dosiertes Hühner Klick-Klack.

Er handelt nicht nur mit frischen Eiern, auf einem großen Schild ist zu lesen:

FERIENBUNGALOW

Es gibt tatsächlich einen Bungalow, noch nie vermietet, aber gut gefüllt mit allem, was man irgendwann vielleicht noch gebrauchen kann. Krause lebt stillvergnügt auf seinem Hof, geht zum Klönsnack in den Krug, ist gut Freund mit uns Opa und Fiete Krohn, liebt sein Abendbier zur Sportschau.

Bauer Krause ist in jungen Jahren zur See gefahren. Gern erzählt er aus dieser Zeit die Geschichte, als sie mit einer vollen Ladung Reis aus Sacramento in Lissabon ankamen.

Abends beschlossen der Chief und er an Land zu gehen. Sie fanden bald ein gut besuchtes, gemütliches Lokal. Der Chief entdeckte ein Glas mit eingelegten Eiern, darauf hätte er Appetit. Entschlossen und gestärkt durch Bier und Brandy verkündete er laut mit einem Fingerzeig auf das Glas: „Dos cojones, por favor!!" Die Antwort war ein Riesengelächter der Gäste und des Wirtes, bis der ihn darauf hinwies, dass er wohl die falschen Eier bestellt habe. Die Eier, die er wohl meinte, heißen in Portugal ovos. Nachdem sich die Welle der Begeisterung gelegt hatte, schaute ihn sein Chief mit traurigen Augen an:

„Siehst du, Krause...so ist das, wenn du eine Fremdsprache im Puff lernst."

Es kann jeden treffen

Krause fühlt sein Ende, hinfällig ist er geworden, er hat Schmerzen. Ein Mann mit Schmerzen, welchen Grades auch immer, ist kaum noch lebensfähig.

Was war passiert?

Eins seiner freilaufenden Hühner, seine beste Legehenne versteht sich, ist überfahren worden. Das ist nicht der Grund für Krauses Hinfälligkeit. Ursache ist der Autofahrer, der sich weigerte, für das überfahrene platte Federvieh den üblichen Obolus zu zahlen. Er denke nicht im Entferntesten daran, für dieses platte Federvieh auch nur einen Euro zu zahlen, stieg in sein Auto, gab Gas und war weg.

Krause fühlte mit dem toten Huhn, war bis ins Innerste getroffen, spürte so ein Ziehen in der Brust. Was hatte er sich aber auch über diesen Flegel aufgeregt. Das Huhn war so platt, er konnte nicht mal eine Suppe davon kochen. Uns Opa meinte, Krause solle doch mal zum Arzt gehen, schaden kann es ja nicht. Uns Oma winkte bei der Schilderung nur ab.

Krause machte einen Termin, schleppte sich in die Praxis. Im Wartezimmer Meta, die Buchhändlerin. Ein vertrautes Gesicht, das freute Krause. Er mochte Meta gut leiden und hielt sich mit dramatischen Schilderungen seiner Leiden etwas zurück. Schließlich ist er ein Mann, ein Mann jammert nicht.

So saß man freundlich Anteil nehmend im Wartezimmer, als Roberta kam, Giovannis Mama, völlig am Ende, ein Bild des Jammers. Sie hatte Schmerzen von links oben bis links unten und manchmal auch im Rücken.

Die beiden Wartenden lauschten voller Mitgefühl.

Roberta war überfordert mit der Pizzeria. Giovanni kann ja kochen, singen kann er auch, aber alles andere hängt an ihr. Sie muss sich um alles kümmern. Und dann ist da ja noch Dr. Franke, der ohne sie auch nicht lebensfähig ist. Um alles muss sie sich kümmern, und sie ist doch auch nur eine schwache Frau mit Schmerzen von links oben bis links unten und manchmal auch im Rücken.

Unsere beiden Wartenden nicken verständnisvoll. Nee o nee, die arme Roberta. Was sollte Krause nur dem Doktor erzählen, er hatte ja praktisch nichts. Meta wurde aufgerufen. Roberta setzte sich zu Krause, fing ein Gespräch an über *„Mann allein, muss nicht sein"*, und die Meta sei doch so eine nette. Das fand ja Krause auch, aber er wollte nicht hier und schon gar nicht mit Roberta darüber sprechen. Roberta entwickelt kaum so stoppenden Eifer bei dem Thema Zweisamkeit.

Bevor das Gespräch an Tiefe gewann, kam Meta aus dem Sprechzimmer, Krause lässt Roberta allein zurück. Mit einem zufriedenen Lächeln blättert sie in den Illustrierten. Sie hat da so eine Idee und fühlt sich gleich viel besser.

Oberstudienrat Franke

Oberstudienrat Franke genießt seinen Ruhestand in Püttelkow, er lebt allein, mit sich und der Welt im Einklang. Er schätzt die Ruhe und Beschaulichkeit der späten Jahre. Er liebt seine Bibliothek, seinen Flügel, er liebt den Blick aus dem Fenster auf den belebten Markt. Er schaut öfter in Metas Antiquariat, gönnt sich einen capuccino in der Konditorei und isst hin und wieder in der Pizzeria bei Giovanni. Dort ist auch Giovannis Mama, Roberta, die sich einfühlsam und intensiv nach allem erkundigt und Franke dann klar macht, er braucht jemanden, der sich um ihn kümmert. Außerdem, ein Mann allein, welche Verschwendung.

Roberta kommt nun zweimal in der Woche und bringt seine geliebte, so heimelige Unordnung temperamentvoll in Ordnung. Das stört ein wenig an Roberta, sonst findet er die Vormittage sehr unterhaltsam.

Ende November lädt Franke Freunde und Bekannte zu einem adventlichen Literatur- und Musikabend ein. Roberta findet das fantastico, nimmt die Organisation in die Hand und ordert bei Giovanni Wein und Appetitliches und ist vor Ort beim Eintreffen der alten Freunde. Ein gelungener Abend, den Franke mit der letzten halben Flasche Giovanni-Wein ausklingen lässt.

Tage vergehen, die Adventszeit geht auf Weihnachten zu. Heilig Abend geht Franke zur Kirche, am 1. Feiertag ist er bei Roberta und ganze Familie eingeladen, großes Familienessen – Geschenke? Oh! An ein Geschenk hat er nicht gedacht. Tja, und nun? Mit Roberta esse gehen, vielleicht bei Giovanni, geht gar nicht. Ein Buch noch weniger, Florentine hat geschlossen. Franke fasst allen Mut zusammen, klingelt bei seiner Nachbarin, wünscht ein frohes Fest und klagt seine Verzweiflung.

Ach, Herr Franke, kein Problem. Die Nachbarin hat einen zauberhaften Blumenstrauß am Heiligen Abend bekommen, den kann er gerne nehmen, braucht doch niemand zu wissen, bleibt großes Geheimnis. Franke fällt ein Stein vom Herzen. Er eilt zur Familien-Weihnachtsfeier. Roberta strahlt, die herrlichen Blumen und diese schöne Vase. Ziemlich spät kehrt Franke beschwingt nach Hause.

Nach den Feiertagen klingelt die Nachbarin bei Franke, erkundigt sich, ob die Blumen gefallen hätten und möchte doch gern die Vase zurück, war noch ein Geschenk von zu Hause. Oh, oh, Franke verspricht es, hat aber keine Ahnung wie er es Roberta sagen soll, zumal ihr die Vase so gut gefallen hatte.

Armer, armer Oberstudienrat Franke a.D., was nun? Vielleicht lacht Roberta in ihrer etwas lauten, doch so erfrischend herzlichen Art darüber. Wünschen wir es ihm. Nach den Feiertagen klingelt die Nachbarin bei Franke, erkundigt sich, ob die Blumen gefallen hätten und möchte doch gern die Vase zurück, war noch ein Geschenk von zu Hause. Oh, oh, Franke verspricht es, hat aber keine Ahnung wie er es Roberta sagen soll, zumal ihr die Vase so gut gefallen hatte.

Die Firma Flott und Fleißig

Spätabends in Püttelkow, im Krug brennt noch Licht. Hein, Lars und Niels sitzen zusammen und mit ihnen am Tisch das kaum lösbare Problem Geld.

Es könnte sich ja einer an die reiche Witwe Alma Lüders heran machen.

Nee, nich wirklich, bei der muss man ja so arbeiten. Kein Wunder, dass die schon Witwe ist. Schweigen senkt sich.

„Mir wäre schon geholfen, wenn ihr mal eure Außenstände zahlt", bemerkt Mattis der Wirt.

Ach, der nu wieder.

„Wie wär's, denn mal mit Arbeit, Jungs, ganz was Neues."

Mensch, Lars hat 'ne Idee. Wir gründen eine Firma, das ist genial. Der Firmenname ist fix gefunden:

Flott und Fleißig aus Püttelkow,
wir helfen wo wir können
Anruf genügt, wie kommen!!

Mattis denkt sich: Dat gifft dreierlei Lüüd bei de Arbeit. De ene kiekt se an, de anner snackt daröver und de dritte packt se an. Laten wir uns overraschen.

Die Anzeige erscheint in der Regionalzeitung, Büro bei Lars, Telefondienst. Der erste Auftrag bringt leider viel Arbeit. Lars sagt zu und schickt seine Freunde los.

Die Wirtin vom Restaurant Waldhof im Nachbarort würde gern die Dienste von Flott und Fleißig in Anspruch nehmen, ob er mal vorbeikommen kann. Oh ja, Lars sagt sofort zu, vergisst den wichtigen Telefondienst und eilt zur Wirtin. Woran er alles denkt. Diese Frau aber deutet auf einen großen Holzstapel mit den Worten: Sägen, hacken, stapeln für den Winter. Bei Lars fällt das Thermometer, aber gesagt ist gesagt. Nach getaner Arbeit fragt die Wirtin, ob er abends noch mal vorbeikommen könnte, das wäre wirklich nett. Selbstverständlich, Lars kehrt mit schmerzenden Gliedern zurück, wo ihn seine beiden erschöpften Freunde erwarten. Bis zum Abend hat Lars sich erholt und eilt voller

Erwartungen zur Wirtin vom Waldhof. An was er alles so dachte – bis zu dem Moment, als ihn ausgerechnet Hein vom Schützenverein mit sonorer Stimme begrüßt: „Das ist wirklich nett, dass du so pünktlich bist, wir haben eine Menge zu schaffen."

Ach Lars, wo sind sie hin deine Träume? Erst einmal im Keller, neue Regale bauen.

Mattis hat da noch einen Spruch: Immer suutje un gediegen, wat nicht fardig wirt, bleibt liegen.

Internet in Püttelkow

Jan-Hinrich hatte keine Lust auf irgendetwas, nichts machte Spaß, alles war trübe und einfach Schiet. Nicht einmal sein Fußballverein konnte ihn aus dem seelischen Tief holen. Missmutig saß er vor seinem Laptop, klickte hier, klickte dort, fand alles öde, spielte dann wieder Solitär und andere Umsonst-Spiele. Seine Brigitte war begeistert unterwegs bei Mode- und Versandhäusern.

Lustlos machte sich Jan-Hinrich auf zum Dorfkrug zu Mattis, Wirt und Vertrauter. Hier war auch nichts los.

„Na, Ärger mit Brigitte?"

Eigentlich war ja alles in Ordnung, aber irgendwie...naja.

„Warte mal, ich hab' etwas für dich", Mattis holte sein Laptop und zeigte Jan. Hinrich das Foto einer attraktiven Frau.

„Dunnerslüttchen, Mattis, die kennst du, woher denn?"

Mattis erklärte ihm die Seite für Singles in den besten Jahren. Jan-Hinrich war begeistert. Mattis erklärte ihm das modus vivendi.

Jan-Hinrich eilte beschwingt nach Hause. Anmelden, Foto einstellen und warten. Tatsächlich Jan-Hinrich bekam Post von einer Dame, sie nannte sich Elfi 35, sie fand sein Foto sehr sympathisch. Jan-Hinrich antwortete erst höflich und nett, allmählich aber ließ er seinen Gedanken freien Lauf. Überraschenderweise verschreckte er Elfi35 nicht mit seiner Offenheit.

Brigitte fiel auf, Jan-Hinrich wirkte viel frischer. Endlich schrieb ihm Elfi35 wo sie wohnt, gar nicht weit weg in Kussewitz.

Jan-Hinrich machte alles klar, schwang sich auf sein Rad und strampelte beschwingt nach Kussewitz.

Brigitte wunderte sich etwas über seine sportlichen Aktivitäten. Jan-Hinrich erklärte ihr, seine Kondition ließe doch sehr zu wünschen übrig, er müsse etwas tun.

Ja, ja, mach du mal, und Jan-Hinrich machte. Vor Begeisterung vergaß er das Denken.

Brigitte kam vom Einkaufen nach Hause, eine Frau stand vor dem Gartentor.

„Kann ich Ihnen helfen, suchen Sie jemanden?"

„Ich will zu Jan-Hinrich, ich will ihn überraschen."

„Wie dat denn?"

„Wir sind ein Paar, sind schon seit einigen Wochen zusammen."

Brigitte verlor nicht die Fassung.

„Jan-Hinrich, kommt doch mal bitte, hier ist lieber Besuch für dich" und zu Elfi35 gewandt „Mein Mann kommt gleich."

Yoga in Püttelkow

Mittelpunkt von Püttelkow ist der Dorfkrug. Früher gab es noch eine zweite Gastwirtschaft. Dort traf man sich zum Bridge, Schach, Familienfeiern, Chorproben. Dann wurde ein Gemeindehaus gebaut, an der Gastwirtschaft hängt jetzt das Schild „Zu verkaufen". Makler wurden bemüht, die Zeit verging, das Schild verblasste. Eines Tages dann doch emsiges Treiben von Handwerkern, Werkstattwagen waren zu beobachten. Ärgerlich nur, niemand wusste Genaues.

Endlich war im Regionalblättchen zu lesen, eine Yoga-Schule würde dort eröffnen. Ernährungskurse wurden angeboten, viel über heimische Kräuter könnte man lernen, ein wenig Esoterik, eine kleine feine Wellness-Oase. Etwas, was es bisher hier nicht gab, und all das jetzt für die Frauen von Püttelkow und anderswo.

Endlich! Eröffnung!

Unsere vier Freunde begleiteten ihre Frauen, schauten sich das Interieur an, begutachteten das Exterieur der Yoga-Damen, beides gelungen. Beunruhigend waren die Angebote für gesunde Ernährung. Tage gingen dahin, Wochen wurden genutzt für Yoga, Ernährungs- und Kräuterkurse und ein wenig Wellness. Lotte, Meta, Brigitte und Eva wanderten unter Anleitung durch die Botanik und sammelten Kräuter auch für den Mittagstisch. Lars schaute auf sein Essen und dachte an uns Opa. Uns Opa sagte immer: „Fleisch is min best Gemüse, Grünzeug is for de Karnickel.

Vom Hunger getrieben, trafen sich unsere vier Freunde bei Mattis im Dorfkrug. Mattis hatte nur Bockwurst mit Salat im Angebot, für unsere vier Freunde in diesem Augenblick ein Highlight. Von nun an traf man sich zur Yoga-Stunde im Dorfkrug. Mattis richtete sich auf diese Nachfrage ein. Kohlrouladen, Bauernfrühstück, Eintopf richtig schöne Alldaagsköst. So ließ sich Yoga aushalten.

Meta, Brigitte, Lotte und die schlanke Eva waren eifrige Yoga-Schülerinnen. Eva konnte sich wunderbar verformen, die anderen hatten Schwierigkeiten. Dank des liebevollen Zuspruchs der Kursleiterin gaben sie nicht auf. Lotte zeigte ihren Karl, was sie schon kann, der Krieger. Karl war beeindruckt. Der Baum allerdings, der Baum wackelte noch, und die Kobra war auch noch nicht so richtig geschmeidig. „Geh' du mal zum Yoga, ich lese die Sportseite."

Mattis wollte heute Eintopf machen.

Die Tage vergingen mit Yoga, gesunder und ergänzender Ernährung. Mattis muss von Zeit zu Zeit zum Großeinkauf in die Stadt. Er traute seinen Augen nicht. Die vier Yoga-Schönen sehr froh und heiter in der Pizzeria von Romano, und das Rote in ihren Gläsern war bestimmt kein Hagebutten-Tee.

Oh, diese Weiber. Mattis freute sich schon auf morgen, das gibt ein Hallo, und für Euch Birnen, Bohnen und Speck.

Ein Brief aus dem Urlaub

Labskaus

Endlich Urlaub, endlich Urlaub, sechs Wochen im Land zwischen den Meeren.

Unsere Ferien beginnen stets bei Jan Wilm in seiner Kate „Zum Knurrhahn". Die Kate duckt sich gegen den ständigen Wind von See. Die niedrige Gaststube, das moin-moin, Jan-Wilm in seinem Buscherump, Kugelfisch und Schiffsglocke und natürlich das beste Labskaus zwischen Nord- und Ostsee.

Du kennst Labskaus nicht. Es ist ein altes Matrosen-Gericht aus Pökelfleisch, saure Gurken und Schiffszwieback. Durch die Skorbut hatten die Matrosen schlechte Zähne, alles wurde klein gehackt und umgerührt. Später an Land kamen Kartoffeln dazu. Labskaus musst du dir vorstellen als warmen Kartoffelsalat, der zu oft umgerührt wurde, so eine musige rote Masse. Zum Geschmack kann ich nur sagen: köstlich.

Nun stelle dir einen flachen Teller vor, darauf einen ordentlichen Klecks rötlichen für Nichtkenner undefinierbaren Einheitsbrei, aus dem kleine Stückchen rote Beete und Gürkchen schauen. Er darf nicht zu fest sein, er darf sich aber auch nicht über den Teller ausbreiten. Diese Masse wird dekoriert von zwei perfekten Spiegeleiern, einige Scheiben rote Beete und Gürkchen und dann ist da noch der blau-grau-silbrigen Rollmops, bei Jan-Wilm ein richtiger Kaventsmann. All das schaufle ich mit viel Genuss in mich rein.

Nach dem letzten Lütt un Lütt machen wir uns auf den Heimweg. Warum ist hier das Labskaus so besonders gut? Vielleicht liegt es an der eiligen salzigen Luft zwischen den Meeren, an der gemütlichen Kate, an dem Charme von Jan-Wilm, oder an der leicht wehmütigen Stimmung, die einen manchmal überkommt, wenn man an vertraute Orte zurückkommt.

Schreibgut Boddin

Für die Aufarbeitung der Ortsgeschichte von Boddin hatte sich eine Gruppe Schreibfreudiger zusammengefunden. Ein interessantes Vorhaben, das allen viel Vergnügen bereitete. Nach Fertigstellung der kleinen Dorfchronik wollte man die Schreibgruppe weiterführen. **Schreibgut Boddin** wurde gegründet. Es wurde geschrieben, gelesen, kritisiert. Die Lese-Abende waren unterhaltsam, schade nur, dass der Kreis der Zuhörer sich auf Familie, Freunde und Nachbarn beschränkte. Pastor Kruse machte den Vorschlag, doch mal in Püttelkow einen Lese-Abend zu veranstalten, die hätten den schönen Dorfkrug und die Pizzeria von Giovanni. Zwei der Damen fuhren zum Krug nach Püttelkow.

Mattis hatte noch nie etwas so Absurdes wie einen Lese-Abend in seinem Krug gehört. Schreibende Frauen, das ging ja nun gar nicht. Sein Ruf wäre ruiniert.

Ganz anders reagierte Roberta, Giovannis Mama. Roberta immer offen für alles, was das Geschäft belebt, kalkulierte kurz Wein und Pizza und kam zu dem Schluss: Das machen wir. Im Regionalblättchen erschien folgender Hinweis:

Die Gruppe Schreibgut Boddin
lädt zu einem Lese-Abend nach
Püttelkow ein.
Freitag, 20.Juli,18 Uhr in die
Pizzeria Giovanni

Rechtzeitig am Freitag kamen die Damen und Herren von Schreibgut Boddin zu Giovanni, Vorbereitungen für den Abend treffen. Aus Püttelkow und drumherum kamen die üblichen Verdächtigen. Gelesen wurden kurze, längere, unterhaltsame und spannende Geschichten, auch Gedichte wurden vorgetragen. Es war ein gelungener Abend, Roberta in ihrem Element 'Essen und Trinken'. Die Stimmung locker dank Giovannis Wein, Charme und Stimme, die Damen von Schreibgut Boddin entzückt. Man trennte sich mit der Zusage, im Herbst mit neuen Geschichten wieder zu kommen.

Am nächsten Tag konnte Mattis im Regionalblättchen lesen:

Applaus, Applaus
Prosa, Musik und Wein – der
Lese-Abend von Schreibgut Boddin
bei Giovanni in Püttelkow ein Event,
das nach Wiederholung verlangt.

So'n Schiet dachte Mattis, wer konnte dat denn ahnen.

Vernissage in Püttelkow

Horst und Hugo, zwei muntere Vertreter der bildenden Künste, wollten ihre Werke der Landbevölkerung nahebringen. Sie reisten über Land, bogen nach Püttelkow ein. Ihr Blick fiel auf den Dorfkrug, und ihre Entscheidung stand fest: Hier findet die nächste Vernissage statt.

Das Gespräch mit Mattis dem Wirt verlief etwas schleppend. Die beiden Künstler zeigten Mattis bunte und eindrucksvolle Flyer ihrer bisherigen so erfolgreichen Ausstellungen. Nach einigem Zögern war Mattis doch bereit, die Landschaftsbilder der anderen Art in seinem Krug auszustellen.

Werbung im Regionalblättchen:

Am 10, November um 18 Uhr   Eröffnung
der Vernissage der bekannten Künstler
Horst und Hugo im Dorfkrug von
Püttelkow
Landschaftsbilder der besonderen Art.

Die Bilder, das waren Bäume, das Meer, auch das Kornfeld fehlte nicht. Nur tummelten sich überall Nackedeis. Der Stammtisch hatte seine Freude.

Eine Vernissage soll ein absolutes Fest der Sinne und für die Künstler im besten Fall eine Goldgrube sein. Die Vernissage war im Regionalblättchen angekündigt, und Meta, Martha, Lotte, Sofie und Brigitte mit Gefolge wollten sich dieses Event nicht entgehen lassen. Der Tag der Eröffnung war gekommen, Horst und Hugo hatten sich in ein entsprechendes avantgardistisches Outfit geworfen. Sie wirkten für Püttelkow etwas befremdlich.

Unsere beiden Künstler versuchten ihre Kunst den Bewohnern von Püttelkow und drumherum näher zu bringen. Jan-Hinrich und seine Freunde fanden die Bilder amüsant. Meta, Martha, Lotte und wie sie heißen fanden die Bilder unmöglich, absolut indiskutabel. Es herrschte ziemlicher Trubel in Mattis Krug. Horst und Hugo versuchten den Damen den tieferen Sinn ihrer Werke nahe zu bringen.

Die Meinung von Meta, Martha und Freundinnen aber stand fest.

Über Umsatz konnte sich Mattis an dem Eröffnungsabend nicht beklagen. Unsere beiden Künstler hatten noch nicht in den Glückstopf gelangt, bis dann endlich uns Opa und Bauer Krause in den Krug kamen.

Na, das waren doch mal Bilder! Die Nackedeis waren sehr realistisch, die Bäume und das Meer auch. Krause gefiel das Kornfeld mit was drin am besten. Der Preis war allerdings heftig, darüber muss man reden. Nach einigem Hin und Her, Zögern, Interesse und wieder Zögern einigte man sich auf einen nach Meinung der Künstler tieftraurigen Preis.

Uns Opa gefiel ja auch ein Bild, die Apfelpflückerinnen, nur war uns Oma noch da. Krause erbarmte sich und führte die Verhandlung für Opa erfolgreich, schlug noch einen Nachlass raus, weil schon ein Bild gekauft. Das war geschafft. Krause hatte nach dem Kauf dieser beiden Bilder den Ruf eines Lüstlings. Schiet egal, dachte Krause. Mal sehen, wo uns Opa das Bild aufhängt.

Wahrscheinlich kommt er zum Feierabendbier rüber und schaut sich seine Apfelpflückerinnen an.

Birte und die Ulmen

Die Blätter der Ulmen waren schon im Sommer gelb geworden, jetzt waren die Kronen kahl. Tja, dat sieht man trübe aus, die alten Ulmen werden wohl sterben. Nee o nee, Birte folgte langsam der grauen, nebeltrüben Straße Richtung Lottjeshusen. Jetzt brauchte sie einen steifen Grog, einen echten, wie man ihn nur bei Hauke bekommt. Erst mit einem Grog von Hauke kann man dieses Elend ertragen. Der Weg erschien ihr heute endlos. Sie wanderte die nebeltrübe Straße weiter.

Endlich Lottjeshusen, endlich der Krug, endlich Hauke.

„Na, Birte, wo kommst du denn her bei diesem schietigen Wetter." Fix war der solide Lebensretter gemacht, erwärmt und belebte Birte, und sie berichtete von den sterbenden

Ulmen, und dat hett ihr so tief betrofft. Sie sei doch auch so eine sterbende Ulme.

Hauke widersprach lebhaft. „Ach, Deern, du bist doch noch gut in Schuss in deinem Alter".

Das hätte er nicht sagen sollen, das mit dem Alter. Birte brauchte noch einen Grog. Nee, wat war se heut aber auch bedrüppelt, dann noch dieses Schietwetter und dann noch Hauke mit dem Alter. Nee, o nee.

„Birte, du siehst das mit dem Alter falsch. Du hast doch noch alle Chancen hier bei den Mannslüten". Birte war fassungslos. „Die sind doch alle so alt". Hauke war irritiert. „Allet kloar bei dir?" Nee, gar nichts war kloar. Birte musste immer noch an die kümmerlichen Ulmen denken, sie war auch so eine kümmerliche Ulme, und Hauke redet Unsinn. Das Leben ist so ungerecht. Der zweite Grog konnte die Stimmung auch nicht bessern.

Motorengeräusch, Kruse kommt mit dem Traktor vorbei. Wenn Kruse in der Gegend ist, schaut er gern auf einen Lütt un lütt bei Hauke vorbei. Kruse war überrascht, als er Birte sah. Hauke deutete an, se hett nen Lüttjen sitzen. Kruse setzte sich zu Birte und durfte noch einmal die betrübliche Geschichte hören.

„Birte, komm, ich bring di na huus." Hauke starrte ihn fassungslos an. „Auf dem Traktor!" Kruse zuckte die Schultern. „Geiht schon". Er hakte Birte unter. „Komm min seute Deern na huus." Beide strebten nach draußen, Kruse hievte seine suselig Deern auf den Traktor und dann tuckerte das Gefährt im Nebel davon.

Der kleine Pirat

Der kleine Hannes, Enkel von Lotte und Karl, besucht in Püttelkow den Kindergarten „Bunte Kuh". Seine Familie durchlebt zurzeit die Freibeuter-Phase.

Wenn der kleine Pirat erwacht, schaut er sich um, reckt und streckt sich, nimmt seinen Piratendolch und macht sich auf die Suche nach seiner Mama und dem Frühstück. Er macht sich landfein, setzt den flotten Dreispitz auf und erobert den Tag. Der kleine Pirat hat es sehr eilig, an Bord seines Schiffes „Bunte Kuh" zu kommen. Die anderen kleinen Freibeuter warten schon auf ihren Captain und natürlich seine Lotte und Susie, Josie und sogar die schreckliche Min.

Als Erstes nimmt ihm die Admiralität den Dolch ab. Was soll's. Der kleine Pirat hat viel zu tun, er muss die Schätze bewachen, Ausschau nach neuen halten und bei nicht freiwilliger Übergabe etwas nachhelfen.

Die Admiralität hat das beobachtet, und ehe der kleine Pirat sich versieht, sitzt er auf dem roten Freibeuter-geh-in-dich-Bänkchen. Vom Nachdenken erlöst, kann man zu neuen Taten schreiten, gefolgt von der Mannschaft. Entdeckung ist angesagt, das Klettergerüst bietet von oben den besten Ausblick. In den Hecken tut sich was, da ist Bewegung, da muss man hin. Die Freibeuter der Buddelkiste spähen in die Hecken. Ach, das sind die Mädchen, die haben keine Lust auf die Freibeuter, die wollen unter sich sein. Mal schaun, was die anderen so machen. Die Schaukel, leider besetzt, aber nicht mehr. Hey, das macht Spaß. Der Admiralität ist der schnelle unfreiwillige Wechsel nicht entgangen. Diesmal erwischt es den kleinen Paul.

Endlich Mittag, endlich kehrt überall Ruhe ein, himmlische Mittagsruhe. Der kleine Pirat verlässt leise sein Bettchen, huscht zu seiner Lotte. Dann segelt er über die Meere ins Traumland.

„Und, hat beim Abwasch alles geklappt?"
fragt die Mutter ihre drei Kinder.
„Ja, Mama", strahlt Martin." Ich habe
abgespült,
Anna hat abgetrocknet, und Hannes hat die
Scherben zusammengefegt."

VSS Püttelkow

Verein der Schlanken und Schönen von Püttelkow

Unsere vier Freundinnen schauten sich die neuen Kataloge an. Manches würde schon gefallen.

Meta bemerkte: „Mädels, bei uns sieht das aber nicht so gut aus. Wir müssen etwas für die Figur tun, das wird doch zu schaffen sein."

Es wurde eine konstituierende Sitzung bei Martha einberufen. Martha hat den bestsortierten Weinkeller in Püttelkow, oben gibt es auch eine beachtliche Anzahl schöner Süffigkeiten. Die Sitzung fand nicht im Weinkeller statt, das Ergebnis war dennoch etwas nebulös. Martha hatte es gut, sie hatte den kürzesten Heimweg, die anderen mussten durch die Nacht nach Hause.

Das Ergebnis dieses Abends:
Einmal in der Woche wiegen, Liste anlegen mit Datum, Name, Anfangsgewicht, neues

Gewicht. Jeder zahlt einen Euro ins Sparschwein, wer über die Stränge schlägt, zusätzlich einen Euro Strafe.

Das war der Gründungstag des VSS PÜTTELKOW, Verein der Schlanken und Schönen, Verein der Super-Spinner bemerkte Karl.

Wie verabredet, jeden Dienstag zahlen, wiegen, gelegentlich ein Straf-Euro. Die Einzige, die nie einen Straf-Euro zahlte, war Eva.

„Wie machst du das nur?"

„Ich kann mich schließlich disziplinieren."

Das muss es wohl sein.

Die Bemühungen blieben nicht ohne Erfolg, das Schwein wurde voll und voller. Brigitte fürchtete, es könnte platzen, wenn man nicht bald etwas dagegen unternimmt.

Eine Tagesfahrt nach Hamburg wurde beschlossen, sozusagen als Belohnung. Vom ZOB nahm das muntere Quartett ein Taxi.

Ein Taxi? Nee, nich wirklich, der Taxifahrer zweifelte.

Ach, pappalapapp, mit der disziplinierten Eva in der Mitte passten drei nach hinten. Das

Quartett bummelte durch die Einkaufsstraßen zum Rathausplatz, und endlich, endlich waren sie am Alsterpavillon. Nahezu göttlich, sitzen, Kaffee, Kuchen, ein Sektchen zur Stärkung. Es war ein so schöner Tag, wenn nur die Füße nicht so schmerzen würden.

Mädels, jammert nicht, bedenkt, wie viele Kalorien wir durchs Laufen verbraucht haben. So müsst ihr das sehen, das war Fitness pur. Das abgemagerte Schwein wird sich wieder runden, und wenn richtig voll, könnte man sich ja wieder etwas überlegen. Vielleicht Paris?!!

Vier Freunde aus Püttelkow

Der Ausflug der Damen nach Hamburg hatte die Angetrauten etwas verstimmt.

„So ohne Männer nach Hamburg, den ganzen Tag, was haben die da gemacht?"

„Du kannst Fragen stellen, Geld ausgeben, was sonst."

Da saßen die vier im Krug bei Lütt un lütt.

Hannes hatte da 'ne Idee: „Wir könnten doch auch mal was unternehmen, nur wir Männer, wie wäre das?"

„Die wollen bestimmt mitkommen, dann können wir auch hierbleiben."

Die Lösung: Einfach abhauen, 9 Uhr ÖPNV-Häuschen Richtung Hamburg, auf und davon. In Hamburg stieg man in die U-Bahn bis St.Pauli, dann rechts die Reeperbahn.

Nur vormittags um 11 Uhr ist die Reeperbahn eine ganz normale, enttäuschende Straße. Man konnte sich vorstellen, was hier nachts los war, aber jetzt war da nichts Schrilles, Buntes, Lautes, Frivoles, Erotisches, nichts von alle dem, was unsere vier Freunde sich vorgestellt hatten.

Hannes, wo ist denn nu dat pralle Leben?

Sie waren an der Großen Freiheit, reinweg nichts. Gegenüber die David Wache, kannte man aus dem Fernsehen. Die berüchtigte Davidstraße war auch noch nicht richtig wach, und die berühmt berüchtigte Herbertstraße, naja, das war ja nun ein Reinfall. Man ging runter zu den Landungsbrücken. Ach ja, Schiffe, Freiheit – wie schön wäre das.

Die vier Freunde wollten schon enttäuscht zurück zur Busstation, als sie an einem Lokal vorbeikamen, SEPTEMBER, drinnen Betrieb. Sie beschlossen ein Abschiedsbier zu trinken. Die Bude war voll, sie hatten Glück, fanden noch Platz an einem langen Tisch, Blick geradeaus – Riesen-Leinwand, Fußball und rundherum St.Pauli Fans. St. Pauli hatte zwar nicht gewonnen, was soll's, Ein kühles Bier und noch eins und noch … Das Lokal wurde voller, alles St. Pauli. Da war mächtig Stimmung, und unsere vier Freunde mittenmang.

„Wo kommt ihr denn her?"

„Aus Püttelkow."

„Kenn' ich nicht."

„Haste nichts verloren."

Unsere vier Freunde voll St. Pauli. Irgendwann aber muss man wieder heim.

„Jungs, kommt doch mal wieder vorbei, war richtig nett mit euch."

Das würden sie schon gern, nun ging es aber erst mal zurück. Jan-Hinrich dachte an seine Brigitte, lieber nicht. Die anderen hingen auch ihren Gedanken nach.

Männer, lasst gut sein, heute jedenfalls war ein Super-Tag in Hamburg mit St. Pauli.

Der neue Traktor

Bauer Dieckhoff blickte traurig auf seinen alten Traktor. Getriebe und Zapfwelle hätten ersetzt werden müssen, Ersatzteile für dieses alte Modell gab es kaum, sein TT – treuer Traktor – hatte wohl ausgedient.

Er war zur Landwirtschaftsmesse gefahren, hatte die großen starken Traktoren bewundert Am Ende der Ausstellungsfläche stand ein Deutz, ein gebrauchter Deutz, Top-Zustand, ein Deutz zu einem Preis, der sein Herz höherschlagen ließ. Was der alles hatte:

4-Zylinder Turbomotor, Powershuttle-Getriebe,
Fronthydraulik, Heckhydraulik, Schneeketten,
Zusatzscheinwerfer, neue Reifen.

Nee, wat for een proper Stück. Es bedurfte keiner großen Überzeugungskraft, Dieckhoff wurde Besitzer eines Deutz.

An einem Montag kam der Tieflader mit dem Deut. Bauer Jende hatte den Tieflader gesehen und war zur Begutachtung rübergekommen. Denn man een soliden Prost, wat good smeert, dat good fahrt.

Am nächsten Tag rief Dieckhoff bei der Versicherung an. Versicherungsvertreter Robert Struwe kam, jung, dynamisch, trinkfest und wortgewandt. Es wurde ein fideler Abend, Robert schaffte es nicht, Dieckhoff zu überzeugen, jeden Reifen einzeln zu versichern. Keine Chance bei Diekhoff, lever 'n ollen Dickkopp, as 'n Dööskopp.

Im Supermarkt

Der Supermarkt für Püttelkow und anderswo liegt etwas außerhalb. Karl und Lotte sind die Vorräte auf den bedenklichen Maß geschrumpft.

Lotte startet zum Getränke-Großeinkauf: Säfte, Mineralwasser mit und ohne, Kasten Bier für Karl, einige Flaschen dunkles Bier für Onkel Paul, Kirschbier für Tante Hedwig, Sekt im Sonderangebot – immer mitnehmen.

Wie schön, der Rotwein ist auch wieder vorrätig, ein Whisky-Likör für Lotte oder besser zwei – man gönnt sich ja sonst nichts. Ein Wodka für Karl. Tante Hedwig mag Eierpunsch der besonderen Art, also noch einen Eierlikör.

Lebhaftes Interesse weckt das Angebot für ungarische Gänse, Superpreis. Weihnachten kommt, da nehmen wir gleich zwei.

Der junge Mann an der Kasse arbeitet fleißig die Getränke ab, als dann zum Schluss die

Gänse kommen, meint er: „**Ach, Sie nehmen auch feste Nahrung.**"

In der **DORFZEITUNG** gelesen

Weil er so süß und verloren aussah, nahm ein Spaziergänger einen streunenden Welpen mit nach Hause, steckte den vermeintlichen Hund unter die Dusche und wusch ihn mit Shampoo.

Dann ging er mit dem blitzeblanken Welpen zum Tierarzt. Doch der stellte fest, es handelt sich um einen Wolf. Per DNA-Abgleich konnte sogar seine Mutter festgestellt werden.

Der Welpe wurde wieder ausgesetzt. Hoffentlich können ihn seine Artgenossen jetzt noch riechen.

So war in der Dorfzeitung zu lesen. Der Hofhund Rufus hier aus Püttelkow und drumherum, nahm sich der Schafherde von Klaus Claasen an. Bisher hatte es keine Probleme mit Wölfen gegeben, aber man hört immer wieder davon, und man sollte vorbeugen. Jetzt die Geschichte

Dörte das Schaf

Eine friedlich grasende Schafherde. Im dichten Unterholz des Waldes lauert der Wolf, vor ihm „all you can eat". Knurrender Hunger, jetzt nichts überstürzen, der richtige Moment entscheidet.

Ein Schaf verlässt die Herde, geht ein wenig auf und ab, schaut nach dem Wolf. Dörte ist sicher, der graue Bursche ist in der Nähe. Geduckt kommt er aus seiner Deckung heraus. Dörte sieht ihn, ergreift nicht die Flucht, alarmiert nicht die Herde. Das irritiert den alten Wolf, der schon fast vor Dörte steht. Das dumme Ding reagiert nicht wie gewohnt. Es reagiert so ganz anders.

Dörte hebt den Kopf, schaut ihn an und sagt STOP, sehr überzeugend STOP. Der Wolf starrt Dörte ab. Das geht ja nun gar nicht, das ist gegen die Regel. Schafe haben Angst zu haben, und dieses sagt STOP. Fassungslos schaut er Dörte ab, die ihm erklärt, sie sei ein emanzipiertes Schaf. Sie habe an dem

Selbstverteidigungskurs bei Rufus teilgenommen.

Pappalapapp Selbstverteidigung denkt der Wolf, dummes Geschwätz. Das wird ja immer verrückter, was heißt hier STOP. Ich bin schließlich der graue, böse und allmählich wirklich hungrige Wolf. Schluss mit diesem Unfug. Er will zum Sprung ansetzen. In diesem Moment drückt Dörte auf einen Knopf am linken Sprunggelenk. Es gibt einen schaurigen, einer Sirene gleichen Ton. Unser grauer, böser, hungriger Wolf bekommt einen gewaltigen Schreck, macht einen Satz rückwärts, einen Fallrückzieher, verliert die Bodenhaftung, fällt die steile Böschung runter, verfängt sich schmerzhaft in Baumwurzeln und Ästen und bleibt schließlich unterhalb des Abhangs liegen. Mühsam sortiert er seine schmerzenden Knochen. „Seit wann emanzipieren sich Schafe, das kann alles nicht wahr sein. Warum kann nicht alles so bleiben wie es war. Blöde neue Zeit. Was wird aus mir, dem alten, bösen, hungrigen und geschundenen Wolf? Soll ich jetzt im Supermarkt tiefgefrorenes Lamm aus

Neuseeland kaufen? Wo ist sie hin, die schöne alte blutige Zeit?"

Hermann

Hermann, Maskottchen des Reiterhofes in Waschow, ein Ziegenbock jung, hübsch, frech und neugierig. Manchmal kommt der Bäcker des Ortes vorbei mit einem Netz alter Brötchen. Dieses große Netz hängt in der Stallgasse und ist für alle gedacht. Hermann hat schon einmal ein hartes Brötchen bekommen, war ganz was Feines. Wieder hängt ein Netz voller Brötchen in der Stallgasse, Hermann unter dem Netz, er rupft und zupft energisch, bis die Brötchen in die Stallgasse regnen. Anton flucht. Das Netz mit den Brötchen hängt seitdem höher.

Hermann dachte sich, man könnte doch mal den netten Bäcker besuchen. Er verließ den Hof, wendete sich nach rechts und stolzierte die Dorfstraße entlang. Dieser ganz besondere Duft stieg ihm in die Nase. Da war ja der Bäcker. Er stand vor seinem Laden und schaute Hermann entgegen. „Was machst du denn hier?" Er kraulte Hermann, „ich habe etwas ganz Feines für dich, mein Freund."

Er ging in den Laden und kam mit einer altbackenen Streuselschnecke zurück. Hermann schnupperte: Wonne!!

Hin und wieder schaute sich Hermann im Dorf um. Außer dem Bäcker gab es noch den Zeitungsladen. Den Ständer mit Zeitungen und bunten Illustrierten fand er sehr interessant. Er probierte das Angebot, bis die empörte Zeitungsfrau aus dem Laden gestürzt kam und ihn mit Worten bedachte, die er nicht einmal von Anton kannte. Flucht!! Hermann übertraf sich. Die Zeitungsfrau wollte er erst mal meiden, obwohl ihn die bunten Blätter durchaus interessiert hätten.

Zweimal in der Woche kam der Wagen mit den Dingen des täglichen Bedarfs. Der Wagen hatte eine Verkaufstheke, er hatte auch eine Tür, die meistens offenstand. Hermann schaute in den Wagen, und was er dort sah, übertraf alles. Da gab es bunte Päckchen, kleine und große bunte Tüten, Becher, Flaschen, bunte Papierrollen. Der Lebensmittelmann war gut beschäftigt. Hermann durchstöberte einen Karton mit bunten Bändern. Es rischelte und raschelte, dem Lebensmittelmann fiel vor Schreck die Tüte Mehl für Frau Seidelmann aus der Hand. Oh, was fluchte er. Hermann rannte so schnell er konnte, die bunten Bänder flatterten im Wind. Er hatte nur einen Wunsch, heim in den Stall zu Anton. Oh, Hermann, Hermann.

Der kleine Junge

Der kleine Junge mit Rucksack und Wanderstab lehnte am Gatter der Koppel. Er hatte einen langen Weg hinter sich, niemand liebte ihn, niemand verstand ihn, alle schimpften mit ihm, ganz besonders die Mama. Er wollte nicht länger bleiben, hatte sich einige Äpfel in den Rucksack getan, den Wanderstab genommen und war gegangen. Ganz weit weg wollt er und nie wiederkommen. Er wollte das alte einsame Pferd suchen, das ihm am Sonntag der Opa gezeigt hatte. Zu diesem einsamen Pferd wollte er. Opa hatte erzählt, Pferde sind nicht glücklich, wenn sie allein sind. Er war auch nicht glücklich.

Es war ein langer beschwerlicher Weg bis zur Koppel hinter dem letzten Hof. Er lehnte sich an den Zaun. Louis, das alte Zirkuspferd, hatte den kleinen Jungen schon gesehen und kam näher.

Der kleine Junge öffnete das Gatter. „Du liebes altes Pferd, du bist auch einsam", und klopfte ihm den Hals, das hatte er vom Opa gesehen. Louis betrachtete das Menschlein, verstand die Worte nicht, merkte aber an der Stimme, das war keins der fröhlichen Sonntag-Ausflugs-Kinder. Dieser kleine Kerl hier war traurig.

Menschlein öffnete seinen Rucksack, holte einen Apfel heraus und teilte ihn sich mit Louis.

Danke für den halben Apfel, Louis pustete ihm seinen warmen Atem ins Gesicht. Der kleine Junge umarmte ihn. „Du liebes, liebes Pferd, jetzt sind wir beide nicht mehr allein."

So sehr sich Louis über Besuch freute, dass hier war nicht gut. Er hoffte so sehr, dass Rufus, der Hofhund, auch heute Abend vorbeikäme. Menschlein hatte de Unterstand für Louis entdeckt. Toll, Dach überm Kopf.

Endlich kam Rufus, überschaute die Lage, beruhigt den alten Louis, machte kehrt und lief zurück zum Hof. Er hatte Mühe, Bauer Harms von den Abend-Nachrichten wegzulocken und nachzusehen, weshalb Rufus solchen Radau macht. Ein weiteres Stück war es, Harms zu überzeugen, Rufus zu folgen. Endlich waren sie an der Koppel. Harms glaubt seinen Augen nicht, als er das schlafende Kind im Unterstand entdeckte. Er hob ihn auf, trug ihn nach Hause, rief die Polizei. Rufus saß die ganze Zeit neben dem kleinen Ausreißer, als würde er ihn bewachen. Endlich Blaulicht, endlich Mama und Papa und ganz, ganz große Freude.

Bei aller Wiedersehensfreude flossen doch Tränchen. Der kleine Junge wollte sich nicht von Rufus trennen. „Mein lieber, lieber Rufus, kann er nicht mitkommen?"

Nein, kann er nicht, er gehört hierher.

Harms übertraf ich: „Na, wenn Mama und Papa am Wochenende Zeit haben, gehört Rufus dir den ganzen Tag."

„Auch das alte Pferd?"

„Ja, auch der alte Louis."

Auwauwau dachte Rufus.

Der Ausflug

Das alte Pferd genoss die letzten wärmenden Strahlen der Abendsonne. Der Wind kam aus der Stadt herüber, verweilte ein Weilchen auf der Koppel. Das Pferd Louis hörte gern die Geschichten, die der Wind aus der Stadt brachte. Er erzählte von den Kindern am Badesee, von der Eisdiele, der bunten Markise, vom Sommer in seiner Pracht. Louis hätte so gern etwas von dieser bunten Leichtigkeit gesehen.

Am Wochenende kamen Familien mit Kindern an der Weide vorbei. Dann zeigte das alte Pferd etwas von seinem Können als Zirkuspferd. Er hob tänzelnd seine alten Beine und freute sich, wenn die Kinder ihm applaudierten. Wochenende war schön. Er wäre gern einmal in der Stadt gewesen. Hin und wieder kam der Hofhund Rufus vorbei, das war immer schön. Rufus genoss die Freiheit der Koppel und Louis seine

Gesellschaft. Rufus musste irgendwann zurück, und Louis war wieder allein.

Eines Tages kam ein sehr erboster Bauer Harms mit Rufus und einem weißen störrischen Wesen. Gatter auf, störrisches Wesen rein, Gatter zu. Bauer Harms und Rufus zurück zum Hof.

Louis kam näher: „Hey, wer bist du denn?"

„Ich bin der neue Ziegenbock. Der Bauer hat mich gleich rausgeworfen, weil ich zarten Pflänzchen gefressen habe. Kann ich wissen, dass man die nur angucken darf."

Mit diesen Worten stolzierte er um Louis herum.

„Und wer bist du?"

„Ich heiße Louis und du?"

„Ich habe keinen Namen, er hat mich gleich rausgeworfen."

„Macht nichts, dann bist du mein Freund Namenlos."

Louis erzählte aus seinem Leben als Zirkuspferd, von dem Applaus. Er zeigte Freund Namenlos die Schritte, die er noch beherrschte. Freund N. staunte. Er versuchte sich, sie übten fleißig. Jetzt lauschten zwei

Interessierte, wenn der Wind vorbeikam. Der Wind verweilte länger als sonst bei den Beiden. Freund N war nicht nur gelehrig, Freund N war auch neugierig. Alle Ziegen sind neugierig. Die Koppel war schön, das Futter ausreichen, der Löwenzahn hinter dem Zaun viel frischer, viel grüner, viel besser. Freund N war ausdauernd, er schaffte es, das Gatter zu öffnen.

Ein TOR, ein Tor in die Freiheit, Freund N zwängte sich durch. Ein kleiner weißer Triumphator lief den Feldweg entlang. bis ihm auffiel, dass Louis sich noch gar nicht zu der neuen Freiheit geäußert hatte. Er blickte sich um. Da stand ein trauriger Louis am Gatter und sah ihm nach.

Freund N machte kehrt und sich an die Arbeit. Es war gar nicht so leicht, das Tor in die Freiheit für den großen Louis zu öffnen. Sie schafften es und marschierte gemeinsam den Feldweg entlang Richtung Stadt.

Sie liefen einige Zeit, Louis war fast so aufgeregt wie früher in der Manege. Freund N übernahm die Führung. Sie erreichten den Stadtrand, Freund N erspähte Blumenrabatte,

Blumen an den Fenstern und vor den Haustüren. Freund N war bald satt und glücklich. Louis war noch nicht ganz glücklich. Er suchte die Kinder, die am Wochenende mit den Eltern bei ihm vorbeikamen. Der Wind hatte von einem Badesee erzählt und einer Eisdiele mit der bunten Markise, das wollte er finden. Freund N folgte Louis lustlos, er sehnte sich nach seiner Koppel, hier hätte er so schön wiederkäuen können. Aber Louis musste unbedingt weiter. Endlich rechts ein kleines Waldstück, dahinter Kinderlachen. Louis strebte dort hin, da waren sie, seine kleinen Freunde vom Wochenende. Ein Junge erspähte Louis: "Schau, das ist doch das Pferd von der Weide!" Welch ein Jubel. Freund N war langsam nachgekommen. Diese Begrüßung gefiel ihm, die Bezeichnung „dickes weißes Tier" war seiner Stimmung allerdings leicht abträglich.

Der Wind schaute sich das Treiben an.

In der Eisdiele war man durch den Jubel der Kinder aufmerksam geworden, der Eismann wollte doch lieber nachschauen. Er kannte das einsame Pferd und den kugelrunden

Ziegenbock. Die beiden sind ausgebüxt, dachte er, und bevor noch etwas passiert, bringe ich die beiden zurück.

Rufus kam ihnen aufgeregt entgegen, der Wind hatte ihm vom Ausflug erzählt. Welch ein Glück, dass der Eismann die Beiden zurückbrachte, der Bauer wäre sehr ärgerlich geworden. Louis und Freund N waren wieder auf ihrer Koppel. Louis hörte noch de Jubel der Kinder. Ach, war das schön, so schön wie früher in der Manege.

.

Polizeiposten Püttelkow

Püttelkow hat seit Anfang des Jahres einen Polizeiposten. Die Gemeinde erwarb das Haus der alten Anna Fredersen. Anna Fredersen erhielt Wohnrecht auf Lebenszeit, das Haus wurde modernisiert. Anna Fredersen kam in den Genuss einer Zentralheizung, Warmwasser, Toilette mit Wasserspülung und ein richtiges Bad. Dinge, die Anna Fredersen bisher glaubte, nicht zu benötigen. Gelegentlich heizte sie einen der schönen alten Kachelöfen, frieren musste niemand, warme Decken waren ausreichend vorhanden, Kaltwasser war normal, Bad und Toilette, das ging bisher auch anders.

Zweimal in der Woche ist der Polizeiposten besetzt. Es gibt einigen Bürokram zu erledigen, kleine Ärgernisse gibt es auch. Da ist Bauer Krause mit seinen auf der Dorfstraße freilaufenden Hühnern.

Püttelkow ist ein ruhiger Ort. Aufregenden Sachen passieren leider wo anders. Große

Verärgerung brachte der Beschluss der übergeordneten Polizeibehörde, vor Einbruch der dunklen Jahreszeit die Beleuchtung und Verkehrstüchtigkeit von Fahrrädern zu überprüfen. An einem Tag im September gab es eine entsprechende Verkehrskontrolle in Püttelkow.

Ein Fahrrad braucht eine Klingel, Bremsen und eventuell Licht. Das war die Meinung von uns Opa, bis er an diesem September-Tag aufgeklärt wurde, was zu einem funktionsfähigen Fahrrad gehört. Das ist schon einiges mehr als uns Opa zu bieten hatte. Sein Hinweis, er fahre nur am Tage und außerdem auf den Feldwegen, überzeugte nicht. Hätte sich uns Opa nicht so erregt, wäre es bei einer Verwarnung geblieben. So hett er aver Wind von vörn gekriegt, als er sich schwer verärgert auf sein Rad schwingen wollte. Absteigen, schieben und 40,00 Euro Ordnungsstrafe. Dösköppe.

Anna Fredersen fand es mit der Polizei im Haus sehr angenehm. Ein Mann im Haus kann von Vorteil sein, und in ihrem Fall waren es sogar zwei. Heute hatte sie eine Bitte. Das Bild des Großbauern Fredersen sollte nach jahrelangem tristem Dasein hinter dem Sofa wieder aufgehängt werden. Unsere beiden Polizisten dübelten und hängten den Großbauern an den ihm gebührenden Platz.

Mögen die im Krug doch snacken was sie wollen, für Anna Fredersen stand fest: Die Polizei dein Freund und Helfer.

Auf der Straße nach Dreilützow steht ein Blitzer, bekannt, gemieden, Einnahmequelle durch Ortsunkundigen. Trotz des hohen Bekanntheitsgrades geriet Bauer Jeschke in diese Radarfalle. Es hat nicht geblitzt, es hat gekracht. Bauer Jeschke hat mit dem Ausleger den Blitzer entwurzelt. Das wurde teuer. Das passierte immerhin schon dicht vor Püttelkow.

Es wurde kein neuer Starenkasten errichtet, dafür wurden jetzt mobile Messgeräte an wechselnden Orten aufgestellt. Das war sehr ärgerlich, es erwischte jetzt nicht nur Ortsfremde. Eines Tages waren die zwei mobilen Messgeräte weg, einfach so, entfernt, aber nicht von der Polizei. Keiner wusste etwas, wer macht denn so etwas auch. Beim nächsten Klönsnack im Krug wurde Harms gefeiert. Harms, der Mann mit der Umleitung. Harms griente nur: „Da kann ik nix för".

Es passiert wirklich nicht viel in Püttelkow und Drumherums, allerdings häufen sich in letzter Zeit Anzeigen gegen Unbekannt wegen Hausfriedensbruch und überwiegend grober Unfug.

Die Sensation aber ist der Mord an dem 2. Ehemann von Alma Lüders, erwürgt im Schlaf. Den Mord bearbeitet die LKA in der Landeshauptstadt.

Hin und wieder passiert schon mal etwas. Da war der große Polizei-Einsatz in Alt-Babentin bei Opa Brackhagen. Um 6 Uhr schreckte ihn ein Krachen aus dem Schlaf, Opa blickte in ein Maschinengewehr, war kurz darauf gefesselt. Dann Entwarnung: „Bindet ihn los, ist der Falsche." Die Zielperson wohnte ein Haus weiter.

Dat war ja man so'n Ding. Mehrere Runden um die Wache drehte ein Betrunkener. Dann nahm er allen Mut zusammen, torkelte mit 2,1 Promille die Polizeistation. Er hatte sein Handy vergessen und wollte seiner Frau Bescheid sagen, dass er jetzt nach Hause fahre... Das war's dann wohl.

Ein kompletter Glühweinstand verschwand vom Weihnachtsmarkt. Unklar ist, ob sich ein Glühwein-Liebhaber einen Traum erfüllen wollte, oder ob es nur um den Autoanhänger ging.

Wat 'n Glück, dass dat nicht Mattias sein Glühwein-Stand war, dat hätt aver bannig viel Verdruss geben. Dat wär ja man een Verlust gewesen.

Weihnachtsmarkt in Püttelkow

Jedes Jahr am 1. Advent ist Weihnachtsmarkt in Püttelkow. Jedes Jahr steht eine schön geschmückte Tanne auf dem Marktplatz. Lichterketten, bunte Buden, Karl und Lotte schlendern gern über den Weihnachtsmarkt.

Das Angebot weihnachtlicher Geschenkideen ist groß. Keramik, Schmuck, Bilder, ein Glasbläser, von den Kinder bewundert, Christbaumschmuck, viel, viel Weihnachtsdeko. Auch Florentine ist mit adventlichen Gestecken vertreten, der Seniorenclub mit Häkel-, Strick -und anderen Werken. Überall Lichterglanz und Weihnachtsmusik und dann die Weihnachtsköstlichkeiten. Lotte gönnte sich ein Tütchen Mutzenmandeln. In diesem Jahr gibt es zum ersten Mal eine Krippe mit lebendigen Tieren. Lotte wird nachdenklich. Erinnerungen an die Großeltern, den kleinen Hof, Weihnachten für die Tiere im Stall, lütten Weihnachten.

Am Glühwein-Stand von Matthias ist Stau. Man verweilt dort gern, man kennt sich, man tauscht sich aus, der Glühwein ist gut und zeigt Wirkung:

1. Becher: ein Glühwein
2. Becher: ein Lühwein
3. Becher: ei Lülein
4. Handzeichen

Der Weihnachtsmann ist auch da, schaut so im Vorbeischlendern bei Matthias vorbei, der Bart ist etwas hinderlich beim Lülein. Über allem liegt der besondere Duft und Zauber, der einen Weihnachtsmarkt so einzigartig macht

Ihre Frau hat so einen hübschen Akzent,
wo kommt sie denn her?
Vom Glühweinstand

Piet und Pelle
Eine Lülein-Weihnachtsgeschichte

Ich war auch auf dem Weihnachtsmarkt in Püttelkow, und selbstverständlich bin ich auch bei Matthias sein Glühweinstand gestrandet. Wie ich da so meinen Lülein genieße, sehe ich, Matthias stellt zwei kleine Becher mit Glühwein auf den Boden. Wieso dat denn? Und ehrlich, da kamen die zwei Wichtel Piet und Pelle und lüpften einen. Die leben bei Bauer Krause, der hat weder Hund noch Katz, da lebt sich's gemütlich. Matthias schenkte nach, na, wenn dat man gut geiht.

Später tippeln zwei kleine heitere Gestalten die Dorfstraße entlang. Piet hat 'ne tolle Idee: Weiter zu Fiete, letzter Hof auf der Straße nach Lützenhof. Fiete ist ihr Freund, er stellt immer etwas für seine kleinen Freunde hin, aber seine Frieda, dat is ne övel Wievke, die ist so gemein zu Fiete. Der wollen sie es heute Nacht mal richtig zeigen.

Frieda schläft tief und fest. Unsere beiden Helden fühlen sich nach dem Glühwein gar nicht mehr wichtelig. Was poltern sie in Küche und Vorratskammer. Oh, wat een Spaß, Piete wirft Töpfe und Näpfe mit einem Juhudele die Treppe zum Keller runter. Pelle hat bei Krause Fußball geguckt, da wurde immer TOR geschrien, das gefiel Pelle, und jetzt schreit er bei jedem Kick TOR. Sie sind rien ut Rand und Band bis das Licht angeht, und Frieda in der Tür steht, der Düvel in Person. Wo sind sie hin, die munteren Weihnachtswichtel? Waren welche da? Es gibt doch keine, oder?

Frieda starrt auf das wilde Durcheinander in ihrer Küche. Dat haut se glatt ut de Puuschen. „FIETE", ein Schrei dringt durch die Nacht. „Du alter Kömbröder hast nichts gehört, bist zu nichts nutze, slafen dat kannst und Lütt un Lütt im Kroog". Frieda schimpft wie ein altes Fischweib.

Armer Fiete, unsere zwei unter der Küchenspüle verschwundenen Wichtel sind arg bedrippst. Frieda is to mööd, geht up Bed, dat wars. Fiete macht klar Schiff nach seinen kleinen Freunden.

Nee, oh nee, dat haven'se wahrlich nicht wollen. Kummt manches anners as gedacht.

Wat mutt, dat mutt

Klönsnack im Krug. Die Stimmung lässt zu wünschen übrig. Grund für diese trübetimplige Gemütslage ist der Tod von Oma Wittke. Oma Wittke kannte sich mit Kräutern aus. Sie braute einen Kräuterlikör, einen Krüdern vom Feinsten. Das war kein Fusel wie Wodka, das war reine Medizin, Männer brauchen immer Medizin, Männer sind an- und hinfällig und brauchen Oma Wittkes Krüdern. Und nu isse dood und dat schmerzt so. Und morgen dat Bedrävnis,nee oh nee. Noch tröstet der Krüdern, aber wat dann. Auch der traurigste Abend geht mal zu Ende, Mattis will Schluss machen. Man trennt sich. Willi Jansen ist steernhagel duun, das Wetter ist quakelig, er beschließt die Abkürzung über den Friedhof zu nehmen. Den Weg kennt er gut, was er nicht kennt, ist das für Oma Wittke ausgehobene Grab. Sich an seinem Rad haltend, schwankt er über den Friedhof, stolpert über einen Erdhügel, verliert den Rest von Halt, stürzt, fällt in die Grube, das Rad hinterher. Die Nacht senkt sich, es wird still. Am nächsten Morgen stellt der Friedhofsgärtner fest, da liegt schon einer in Oma Wittkes Grab. Willi Jansen ist dood, mausedood. Der Schreck fährt den anderen Krüder-Brüdern mächtig in die Glieder. Nee oh nee, der arme Willi.

Witwe Jansen geht zum Regionalblättchen, eine Todesanzeige aufgeben. Text:

JANSEN TOT.

Die Mitarbeiterin der Anzeigen-Abteilung ist irritiert. Fünf Worte sind das Minimum für eine Anzeige. Fünf Worte muss sie auf jeden Fall berechnen. Wat mutt, dat mutt. Witwe Jansen denkt angestrengt nach. Dann hat sie's:

JANSEN TOT, TRECKER ZU VERKAUFEN.

Die Mitarbeiterin ist zufrieden.

Im Regionalblättchen von Püttelkow und Anderswo findet man diese Anzeige nicht bei den gehübschten Todesnachrichten.

Witwe Jansen hat sich für die Rubrik **„An-
und Verkauf Landmaschinen"**
entschieden.

Ob dat Leven

Sie sitzen wieder im Krug, wat sind se bedröövt. Heute war das Begräbnis von dem armen Willi Jansen. Sie sind sich einig, dat war ja man een bescheidenes Begräbnis. Nee nee, dat hat der Willi nicht verdient.

„Ick versteh' dat nich, nich mal een Trööstebeer hat se spendiert. Ick meen, der Willi hatte det nich leicht mit seine Klara."

„Magst wohl recht haben „

Sie hängen ihren Erinnerungen nach, erinnern sich besonders an das Begräbnis von Opa Brüsewitz. Ohauahauaha, dat war ja man ne Feier, alle waren fein lustig wie inne Köminsel. Für den armen Willi gab's nicht einmal een Tröstebeer.

Mattis kommt an den Tisch. „Männer, gegen den Dood is keen Kraut gewachsen, womit kann ich euch trösten?"

Lütt un lütt geiht alltied.

Aber Mattis hat etwas viel Besseres. Er stellt die letzte Flasche Krüdern auf den Tisch. Zum Gedenken an Willi Jansen. Er schenkt ein, sie stoßen an: „**Na denn auf Willi!**"   Mattis schenkt fleißig nach.

Das tut aber bannig gut, Kräuter sind wirklich Medizin für Liev und Seele. Die Welt sieht gleich ganz anners aus.

„**Na denn, Prost ob dat Leven.**"

Das Taagblatt namens Berta

Seien wir ehrlich, Klatsch und Tratsch gehören zum Leben. Gruppen werden zusammengehalten, indem sie über andere reden, flüstern, wispern. Im Grunde ist ja niemand an dem Gerede interessiert, wenn es nicht so interessant wäre. In diesem Fall hier war es nicht Neugier, hier war es Anteilnahme, aufrichtige Anteilnahme.

Und dat is nu gekommen. Uns Berta, das Taagblatt des Dorfes wohnt in einem Reet gedeckten Haus an der von Bäumen gesäumten Dorfstraße. Uns Berta sieht alles, weiß alles, wer kommt, wer geht, wer wie lange weg.

Das Ereignis in letzter Zeit war die Beerdigung von Carl Claasen. Nee, wat war die Witwe Claasen doch großzügig mit Tröstebier für alle. Nee wirklich, so 'ne schöne Feier. Uns Berta geht gern zu Beerdigungen, wat man da so allet erfährt.

Uns Berta schaut bei Klara Claasen vorbei, ein wenig Trost spenden, so von Frau zu Frau. Klara freut sich über den Besuch, bietet uns Berta ein Tässchen Kaffee an. Berta ist entzückt, stellt jedoch fest, ziemlich dünnes Getränk. Naja, jetzt wo der Karl tot ist, hat die arme Klara sicherlich wenig Geld. Gottchen nee, die arme Klara wird wohl den Hof nicht halten können, wird wohl verkaufen müssen. Nee, dat hat se nich verdient.

Uns Berta verabschiedet sich und eilt zum Häkel- und Strickkränzchen. Unter dem Siegel der Verschwiegenheit, dat dürf nich unna die Lütt kommen, erfahren die Damen von der finanziellen Not der armen Klara. Die Damen sind erschüttert. Wer weiß, was der Karl so getrieben hat. Bestimmt andere Frauen, und Kinners kann er ok haben, nee oh nee, wer hätte dat von Karl gedacht, der tat immer so bieder. Die Liebschaft und das Lotterleben vom armen Karl waren das Thema. Eine wohlig angenehme unmoralische Wolke schwebte über dem Kränzchen.

Karls Sternstunde fand leider erst nach seinem Ableben statt.

Auch den Stammtisch im Krug erreichte diese Wolke. Mattis konnte sich dat nicht vorstellen. Allet Tünkram, da is nix an. Dösig Weiberschnack.

Witwe Claasen hatte von alledem keine Ahnung. Ab und zu fuhr sie vormittags ins Städtchen, kam abends zurück. Bertas Meinung nach zu oft, eine Witwe bleibt zu Hause. Bertas Mikro-Kosmos geriet ins Wanken. Witwe Claasen alltied unnerwegs, und uns Berta weet nich, wat Witwe Claasen so treibt. Sicherlich war sie beim Makler, aber doch nicht so oft.

Ob sie mal wieder zu einem Kaffee rübergeht, so von Frau zu Frau Aber dat sieht nich gut aus, Berta ist ja auch keen bietje neugierig. Doch nicht uns Berta.

Die ahnungslose Witwe Claasen fährt weiter ins Städtchen, kommt spät zurück und läßt uns Berta in Unwissenheit. Das Taagblatt verliert etwas an Bedeutung, die Damen zeigen wenig Interessen an Berta und ihrem Kunkelkraam, dat mit der verarmten Klara war ja wohl nichts. Tja, Berta, es is nu mal so, wer sich zu gern snaacken hört, dem hört irgendwann niemand mehr zu

Frohe Weihnachten

Der Weihnachtsmarkt schloss. Um die Buden wehte ein scharfer Wind. Nach und nach erloschen die Lichter, die Budenbesitzer gingen nach Hause in die warme weihnachtliche Stube. „Pony-Reiten für Jung und Alt" war kein Erfolg gewesen.

„Das war's dann wohl, meine Lieben" sagte der alte Mann zu seinen beiden Ponys. Wie sollte es weitergehen, sie hatten kein Geld, niemand wartete auf sie. Das weiße Pony schaute den alten Mann an. „Vielleicht sollten wir uns eine Unterkunft suchen." Der Schecke konnte sich nicht vorstellen, dass jemand sich freuen würde, wenn sie vor der Tür stünden. Schlechter konnte es ihnen kaum gehen, sie machten sich auf den Weg.

Bald lag das Städtchen hinter ihnen, schön war es hier draußen. Der Wind hatte sich gelegt, sternklarer Winterhimmel, über allem der Abendstern. Sie zogen die Straße entlang, die sich wie ein Band durch die verschneite Landschaft zog. Hinter einer Bergkuppe tauchten die Lichter eines Dorfes auf. Ein Hund schlug an.

„Was wollte ihr hier?"

„Wir suchen ein Quartier zur Nacht."

„Hier seid ihr falsch, hier gibt es nichts, zieht weiter. Überall ist es besser."

Sie folgten der Dorfstraße bis zu einem Haus, dessen erleuchtete Fenster in die Nacht strahlten. Der alte Mann schaute durchs Fenster, er glaubte die Wärme und Behaglichkeit der Stube zu spüren. Ob sie vielleicht...? als die Glocken der Dorfkirche zur Christmette riefen. Das Licht erlosch.

„Ich mag nicht mehr" sagte der Schecke, „keiner will uns".

„Sie kommen bestimmt wieder zurück", der Weiße blieb zuversichtlich.

Der alte Mann saß nur da und schwieg.

Die Zeit schien kaum zu vergehen, endlich läuteten die Glocken, die Menschen strebten ihren Häusern zu.

Wer ist denn in der Heiligen Nacht bei dieser eisigen Kälte unterwegs? Sie halfen dem alten Mann ins Haus. Ihm wurde warm und behaglich, aus diesem Traum wollte er nicht erwachen. Der Bauer lief nach draußen, „Ich habe die Pferde vergessen", und brachte die beiden in den Stall. Hier war reichlich Futter und Wasser.

„Meine Beiden" dachte der alte Mann und fiel in einen tiefen, erholsamen Schlaf.

Inzwischen hatten die anderen Tiere die beiden Neuen angeschaut.

„Nun, damit wir uns gleich verstehen" sagte die Katze und ließ ihre Krallen spielen. „Ich bin hier sehr wichtig und von der Frau überaus geschätzt wegen der Mäuse. Sie reckte und streckte sich, dass es eine Freude war.

„Du hast schon immer angegeben" schrie der bunte Hahn und wäre vor Aufregung und Empörung fast vom Balken über der Tür gefallen. „Seht mich an, ich bin hier der Prächtigste, meine Hühner beten mich nahezu an", und er plusterte sich in voller Schönheit auf.

Die Stalltür öffnete sich, der Hofhund trottete herein, um nach den beiden Neuen zu schauen.

„Hallo, Rufus" schrie der Hahn, „schöner Tag heute."

„Halt den Schnabel", Rufus ärgerte sich ständig über diesen eitlen und vorlauten

Hahn. Er wandte sich an die beide Neuen. „Wie geht es euch? im Haus herrscht große Aufregung." Er wandte sich zum Gehen. „Der Bauer wird bestimmt noch nach euch sehen, bis bald."

Am nächsten Morgen durften die Kinder die Ponys aus dem Stall holen. Das Federvieh suchte das Weite, die Katze sah dem wilden Treiben von der Scheune aus zu.

Vater und der alte Mann gingen über den Hof und verschwanden in einem der Ferienbungalows.

Am Abend schaute der Hofhund noch einmal in den Stall. „Damit ihr alle Bescheid wisst, der alte Mann, mit dem die beiden Neuen gekommen sind, bleibt bei uns. Er wohnt vorerst in einem der Bungalows.

Bevor der alte Mann an diesem ganz besonderen Abend zu Bett ging, suchte er am sternenklaren Winterhimmel den Abendstern, der ihm den Weg gewiesen hatte.

Die Geister von Püttelkow

Püttelkow hat einen Friedhof, einen stillen, verträumten Waldfriedhof mit großen schützenden Bäumen, einer Friedhofskapelle, ein feiner stiller Ort wie Martin Luther sagte. Einst wurde er liebevoll gepflegt vom Friedhofsgärtner Plückhahn. Sein Geist und der steinerne Engel wachen über diesen fast vergessenen Friedhof.

Schauen wir uns um, hier das stattliche Grab des Großbauern Karl-Friedrich Fredersen, zur Linken Witwer Nr. 1 von Alma Lüders, rechts Meister Drews aus der Kreisstadt, wohl vergessen. Plückhahn schläft nicht in seinem bescheidenen Grab, sein Geist lebt in der kleinen Friedhofskapelle.

Plückhahn wendet sich an den Engel, sucht etwas Unterhaltung, stößt aber auf steinernes Schweigen. Plückhahn schwebt weiter zum Grab des Großbauern, klopft an, das Grab öffnet sich und Karl-Friedrich erscheint. Auch bei den beiden anderen wird angeklopft. Vier nebulöse Gestalten schweben zur kleinen Friedhofskapelle, Plückhahns zu Hause. Hier treffen sie sich, erzählen aus alten Zeiten. Ein Thema ist wirklich interessant, und zwar der Grund weshalb Drews aus der Kreisstadt hier beerdigt worden war, weit weg von Familie und Freunden. Fredersen denkt an Liebschaft mit bösem Ende. Drews hält sich bedeckt.

Sie sitzen in der kleinen Kapelle, Alma Lüders Witwer Nr.1 schaukelt an dem alten Deckenleuchter. Fredersen findet das unpassend. Witwer Nr. 1 ist der Meinung, er ist dank Alma Lüders verstorben worden und abgesehen davon, hatte er zu Lebzeiten wenig Spaß, und das hier macht ihm Spaß, und er schaukelt weiter.

Draußen Geräusche, die Tür öffnet sich zaghaft, Plückhahn verzieht sich auf die Empore, Witwer Nr. 1 am Deckenleuchter hat das gar nicht bemerkt, Fredersen und Drews folgen eiligst auf die Empore. Da sitzen nun drei Geister und beobachten das Geschehen. Sie ist wirklich eine seute Deern und echt lebendig, aus Fleisch und Blut. Sie fürchtet sich so schön in der gruseligen Kapelle, schmiegt sich ganz fest an ihn, er ihr starker Beschützer. Er zündet die Kerzen des kleinen Altars an, ein Zauber breitet sich aus. Den besten Platz auf das Geschehen hat Witwer Nr. 1 am Deckenleuchter. Fredersen, der immer so viel Wert auf korrektes Verhalten legt, möchte mehr sehen, verliert den Halt, stürzt ab, ein Eiseshauch schwebt in den Andachtsraum. Oh, wie gruselig, die Kerzen flackern, der Zauber ist vorbei. Das Mädchen schreit, klammert sich an ihren Liebsten, Panik, Flucht.

Zwei nebulöse Gestalten und ein arg verstimmter Plückhahn beziehen Position gegen Fredersen. Witwer Nr. 1, der bei Alma Lüders gelernt hatte, schweigend gleicher Meinung zu sein, beschimpft Fredersen. Nur weil er nicht den besten Platz hatte, ist das passiert. Das war doch Leben, nicht nur immer Vergangenheit.

An Fredersen prallt die Verstimmung seiner Freunde ab, er schwebt mit Grandezza in sein Grab, für ihn ist die Sache erledigt, er diskutiert nicht.

In letzter Zeit waren kaum Beerdigungen, gestorben wird immer, beerdigt wohl nicht immer auf dem Waldfriedhof. Beim nächsten Treffen in der Kapelle verkündet Plückhahn erfreut einen Neuzugang: junger Mann, Robert heißt er, Versicherungsvertreter, Verkehrsunfall, verschwunden unter einem Berg von Blumen.

Die vier Geister eilen zu dem Grab. Fredersen erteilt Anweisung: abräumen, anklopfen. Gesagt, getan. Plückhahn klopft an. Ein verwirrt um sich blickender Geist entsteigt.

„Willkommen, junger Freund":
Fredersen übernimmt altväterlich die Vorstellung seiner Freunde. Wir treffen uns in der kleinen Kapelle, sie sind eingeladen."
Das ist Wahnsinn, absoluter Wahnsinn. Das gibt es nicht. Gibt es doch auf dem Waldfriedhof von Püttelkow.

Man interessiert sich für seinen Unfall, nimmt Anteil, dann reden sie weiter über langweiliges Zeug von gestern.

Unfassbar diese langweilige Gesellschaft. Robert berufsmäßig redegewandt, ideenreich, überzeugend, leistet ganze Arbeit. Welche verpassten Möglichkeiten Spaß zu haben,

Unfug treiben, Leute erschrecken, spuken nach guter Geistersitte, man könnte eine tolle Zeit haben.

Witwer Nr. 1 von Alma Lüders fasst Mut und fragt Robert, was man so alles machen könnte. Mein Gott, sind die hier von gestern. Robert schildert begeistert Möglichkeiten.

Witwer Nr. 1 dachte an Alma, schloss sich kurz mit Robert und weg waren sie.

Alma schlummerte selbstzufrieden neben Lüders2. Lüders1 widmete sich mit Roberts Hilfe Almas Träumen. Die Alpträume waren ein voller Erfolg. Alma wurde unruhig, sie stöhnte, sie sah eine dunkle Gestalt an ihrem Bett stehen, sie wollte schreien, wollte hoch, wollte aufstehen, sie konnte es nicht. Angst, sie hatte entsetzliche Angst, glaubte zu ersticken. Sie suchte Halt, in ihrer Panik griff sie nach Lüders2, krallte sich fest, fester, immer fester. Lüders2 röchelte, zappelte noch ein wenig, gab dann Ruhe. Robert deutete Nr.1 an: Abhauen.

In der Kapelle warteten die Freunde auf den Bericht, kamen dann zu dem Ergebnis: wollen wir auch, und verabredeten sich gleich für die nächste Nacht.

Es ereigneten sich merkwürdige Dinge in Püttelkow, die Trecker-Odyssee von Bauer Dieckhoff. Zu Lebzeiten wollte Drews so gern einmal Trecker fahren, hatte nie Zeit noch Gelegenheit. Den neuen Deutz mit Allradantrieb von Bauern Dieckhoff hatte Robert versichert. Der wäre doch etwas für Drews. Lüders fährt den Trecker aus der Scheune, Bewegungsmelder gehen an, Dieckhoff stürzt fluchend aus dem Haus. Nebel nimmt ihm die Sicht, schwach erkennt er, dass sein Deutz mal nach links, mal nach rechts, dann aber geradewegs auf die Baumgruppe am Ende des Feldes fährt. Heftige Nebelschwaden um die Trecker, sein Deutz steht, die Nebel verwehen. Dieckhoff betrachtet misstrauisch seinen Trecker, berührt ihn vorsichtig, nichts passiert, unheimlich das alles. Morgen wird er Anzeige gegen Unbekannt erstatten. Sicher ist sicher.

In dieser Nacht verschwindet ein sehr zufriedener Drews in seinem Sarg. Fast wäre er in die Baumgruppe gefahren, aber danke Lüders ist nichts passiert.

Am nächsten Morgen geht Dieckhoff zur Polizei, erstattet Anzeige gegen Unbekannt. Hier ist man voll beschäftigt mit dem Tod von Lüders2. Gegen Almas Schilderungen der Nacht verblasst die geheimnisvolle Trecker-Odyssee.

Die fünf Freunde unterwegs im Städtchen Püttelkow. Ein Kindergarten mit Spielgeräten, Wippe, Schaukel, Rutsche, oh wat een Pläseer. Fredersen? Wo ist denn Fredersen? Der sitzt im Haus, hat bunte Bauklötze entdeckt und ungewöhnliche Konstruktionen errichtet.
Am nächsten Morgen bestaunen die Kinder diese Gebilde, den beiden Betreuerinnen ist die Sache unheimlich, sie erstatten vorsichtshalber Anzeige gegen Unbekannt.

Dann war da die Sache mit Mattis dem Wirt vom Krug. Robert erinnerte sich an Mattis. Der wollte partout keine Versicherung gegen Erdbeben abschließen. Drews wunderte sich, hier bebt es doch nie. Aber es könnte doch mal,

Vorsorge ist wichtig, lebenswichtig. Wir könnten ihm ja mal zeigen, wie es wäre, wenn. Mattis wollte schließen, hatte sauber gemacht, Tresen poliert, Stühle hochgestellt. Ein Eiseshauch schwebt in den Gastraum, die Lampe über dem Stammtisch pendelt. Eigenartig, Mattis hält die Lampe an. Im Keller rumort es. Als er unten nach dem Rechten sieht, wird oben mit den Stühlen geschurrt. Mattis nach oben, die Lampe pendelt, im Keller poltert es. Mattis läuft rauf und runter. Was ist das nur? Er sinkt erschöpft nieder. Die Tür öffnet sich langsam wie von Geisterhand, der Eiseshauch verschwindet. Mattis versteht das nicht. Alles unerklärlich wie von Geisterhand.

Robert war mit dem Beben bei Mattis zufrieden. Eine Frage stellt sich, wo bleibt Lüders2, der hätte doch schon längst hier sein müssen. War er aber nicht. Robert erklärte die preiswerte Art der Bestattung im Friedwald. Das Interesse war geweckt. Auf zum Friedwald, Mischwald mit prächtigen Bäumen und gepflegten Unterholz. Geister Verstorbener waren zu sehen. Robert kannte einige aufgrund Lebens- und Sterbeversicherung. Drews hatte seine Elli aus dem Babalu, seine geliebte Elli, entdeckt. In seiner Aufregung verhedderte er sich mit seinem geisterhaften Outfit im Unterholz. Elli, min Leev. Lebhaftes Gewaller. Fredersen wurde klar, dass war der Grund für Drews Bestattung auf dem fernen Waldfriedhof.

Da war ja Lüders2 mit der lustigen Gitte. Fredersen kannte hier niemanden. Er hielt Ausschau nach seinen Freunden. Plückhahn wartete am Fuße einer stattlichen Eiche, ihm gefiel das hier auch nicht, sein stiller Waldfriedhof war doch viel schöner. Die anderen fand sich nach und nach ein, nur Drews war noch abgängig. Robert holte ihn von Elli zurück, es wurde Zeit für die Rückkehr.

Drews dachte an seine Elli. Ach ja, die Elli, das war mal seine große Liebe. Fredersen sprach ihn darauf an, dezent und diskret. Elli war mehr als eine Liaison, seine Familie hatte es gemerkt, er war unerwartet verstorben und hier auf dem fernen Waldfriedhof vergessen worden. Fredersen war nicht der große Tröster, aber ein guter Zuhörer.

Die Freunde hatten sich schon gewundert, Robert war immer gut informiert über Dorffeste und Veranstaltungen. Er war oft allein unterwegs, einmal aber ließ sich Drews nicht abschütteln. Sieh an, Roberts Versicherungsagentur war das Ziel, hier informierte er sich am Computer über Dorffeste, Events und über dies und das. Den korrekten Robert störte die Unordnung auf dem Schreibtisch seines Nachfolgers. Robert schaffte Ordnung und sorgte für Irritation bei seinem Nachfolger.

Mitternachts-Shopping in dem großen Einkaufscenter in der Nähe. Sie schwebten durch die Gänge, schauten hier, schauten dort, spukten ein wenig und hatten ihren Spaß. Plückhahn hatte eine große Blumenhandlung entdeckt. Er liebte den Duft der Blumen, hier war überall Duft. Nach einer Weile wollte er doch mal schauen, was die anderen so treiben. Fredersen fand er in einem Spielwarengeschäft. Eine Eisenbahn-Anlage war aufgebaut, bewundert von Vätern und einem faszinierten Fredersen. Plückhahn wunderte sich immer mehr über Fredersen, doch nicht nur bornierter Großbauer.

Drews fand er in einem Geschäft für Damen-Bekleidung, bei BHs und Höschen. Hier war viel Gedrängel. Ach ja, Drews liebte seine Elli in Rot. Er betrachtete verzückt zwei zarte rote Teile, als ihm die Dessous von einer Verkäuferin unwirsch entrissen wurden. „Das fehlt noch, schwebende Dessous, wohl neuer Trick beim Klauen." Drews verließ das Gedrängel, suchte seine Freunde für den Heimweg.

Plückhahn hatte das Spuken bei Mattis nicht gefallen. Mattis war immer freundlich, spendierte ihm auch mal ein Bier, nee, das hatte ihm nicht gefallen.
 Spuken, Leute erschrecken, etwas Unfug treiben, das macht schon Spaß. Er dachte an die Kirmes in Lüttkewitz. AutoScooter, das war was. Fredersen konnte AutoScooter nichts abgewinnen. Kutsche mit Pferden, das war doch was. Andauern rumpelte ihn Lüders1 an.

Dann gab es hier auch eine Geisterbahn Geister in der Geisterbahn, das wird ein Spaß. Lüders vergeht der Spaß, als der Wagen in eine düstere Stube gleitet. Die Hexe, die nach ihm greift, ihn angrinst und höhnisch lacht, sieht aus wie Alma Lüders. Für ihn ist der Spaß vorbei. Nichts wie weg.

Wenn jemand so richtig in Fahrt ist, und Lüders1 ist richtig Fahrt, kann man mit Worten wenig bis gar nichts erreichen. Lüders1 liebt deftigen Spaß, Fredersens Bemühungen ihn etwas zu bremsen, sind erfolglos. Lüders1 macht weiter.

Weihnachtsmarkt, schön geschmückte Tanne, bunte Stände, ein entfesselter Lüders1 und eine demontierte Weihnachtstanne. Das war zu viel. Aber wie ist Lüders zu stoppen? Gelegentlich vergessen anzuklopfen.

Nach Weihnachten kommt Silvester mit Feuerwerk und Böllern. Fredersen, Drews, Robert und Plückhahn bleiben in ihrer Friedhofskapelle. Drews denkt an das letzte Silvester im Babalu, seine Elli, sein Schätzchen in Rot. Er war ja auch ihr Sünnerklaas, der ihr mit seiner Rute den blanken Achtersteven versohlte. Ach ja, Elli min Leev. Robert kannte auch das Babalu, in seiner Erinnerung dominierte hier jedoch Schwarz.

Lüders1 begeistert mittendrin in Feuerwerk und Böllern, bis ihn eine Rakete traf, ein Volltreffer, glatter Durchschuss. Lüders1 stellt entsetzt fest, ein Loch, er ist durchlöchert, zu Tode getroffen. Die in der Kapelle wartenden Freunde betrachten kritisch reserviert den derangierten Lüders1, der wortlos verschwindet.

In den kalten, schneereichen Monaten des neuen Jahres ist Ruhe eingekehrt. Nach jedem Winter kommt ein Frühling. Im Frühling erwachen Pflanzen, Blumen, Bäume. Auch Friedhofsgeister erwachen. Ach, wie schön, sich wieder zu sehen.

Schon im vergangenen Herbst hatten sie den Hochsitz von Förster Arend entdeckt. In schönen Sommernächten saßen sie öfter dort, kein Unfug, einfach nur auf der Lichtung das Wild betrachten. Endlich konnten sie wieder dort sitzen. Drews erzählte ein wenig von seiner Elli und dem Babalu, Fredersen von seinen Pferden und den gewonnenen Rennen, Robert gern von spektakulären Abschlüssen.

Wieder sitzen sie auf dem Hochsitz, Fredersen wundert sich, heute lässt sich kein Wild sehen, es liegt so eine eigenartige Stimmung auf der Lichtung.

Dann kommen sie, dunkle Kapuzenmänner mit Fackeln. Die Trommel schlägt, die Kapuzenmänner bewegen sich im Rhythmus der Trommel, dunkel-dumpfer Männergesang. Unsere Freunde auf dem Hochsitz starren gebannt auf das Geschehen. Der Trommelschlag verstummt, die Kapuzenmänner entledigen sich ihrer Gewänder. „Männer, das war doch gar nicht so schlecht. Nächstes Mal machen wir das auf dem Waldfriedhof vor der kleinen Kapelle, super Ambiente." Entsetzen bei den Freunden. Am meisten jammert Plückhahn, ausgerechnet seine Kapelle. Wo soll er denn hin? Das ist doch sein Zuhause. Drews bietet ihm für diese Nacht Quartier an. Fredersen widerspricht lebhaft. „Wer klopft denn bei uns an, wenn Plückhahn bei Drews im Grab liegt…"

Armer alter Plückhahn, eine Nacht voller Schrecken, nur damit er wieder anklopfen kann.

Es ist die Nacht vor Allerseelen, die Kapuzenmänner formieren sich vor der kleinen Kapelle. Schwer schlägt die Trommel, die Kapuzenmänner singen ihre dumpf-dunklen Lieder, bewegen sich rhythmisch im Kreis. Das unstete Licht ihrer Fackeln beleuchtet den Engel. Dunkle Gesänge, flackerndes Licht, da erhebt sich der steinerne Engel, wendet sich den Kapuzenmännern zu, schlägt mit weit ausgebreiteten Flügeln. Die Kapuzenmänner fliehen entsetzt durch die Nacht. Der steinerne Engel faltet seine Flügel zusammen, setzt sich wie gewohnt schweigend auf seinen Sockel.

Es ist wieder der stille, verträumte Waldfriedhof mit großen schützenden Bäumen, einer Friedhofskapelle, ein feiner, stiller Ort wie Martin Luther sagte.

Mit dem stillen feinen Ort ist das ja so eine Sache. Drews würde so gern einmal wieder ins Babalu. Seine Elli ist ja nicht mehr dort, eine schöne Zeit war das. Er fasst Mut und spricht Robert an. Robert sieht da gar kein Problem, äußert aber zu bedenken, dass das Babalu jetzt nicht mehr so aussehen könnte wie seinerzeit. Egal, wie auch immer, Drews ist voller Erwartung und Vorfreude und macht sich mit Robert auf den Weg in die Stadt zu seinem Babalu.

Wie hat sich das doch alles verändert. Gleiche Straße, aber kein Babalu, keine einladende schummrige, rote Beleuchtung. Aber enttäuschend ist es nicht, was er sieht. Ein SEXSHOP hat sich etabliert. Drews ist begeistert. Für seine Elli einen knallroten Lackbody oder lieber die rote Corsage. Alter Schwede. Peitsche, Fesseln, schwarze Spitzenmaske, das alles für seine Elli. Nu is aver daddeldu Feierabend, Robert hat Mühe, Drews wieder in die Spur Richtung Friedhof zu bringen, ab in die Kiste.

Ende

Milton Keynes UK
Ingram Content Group UK Ltd.
UKHW020808080823
426520UK00017B/839